U0051651

J O S H I ★ C A F É

日本人的哈拉妙招！

助詞輕鬆學

發的日語超厲害！

助詞 CAFÉ

附
中日發音
QR Code
線上音檔

作者 舒博文
插畫 山本 峰規子

笛藤出版

前言

學好助詞，讓日語句意流暢，
突破只會用單字比手畫腳的窘境！

　　大家初學日語時，是不是只會用單字，比手畫腳地和日本人溝通？看到一句完整的日文，卻只認得單字的部份。穿插在其中的「日文字」雖然認得，就是搞不清楚那是什麼意思？！

　　這些散落在句子中的「50音」符號，有絕大部份就是日語中的「助詞」。

　　別擔心！本書，就是要幫助大家輕鬆愉快地突破助詞難關！

　　學好助詞，就能正確地結合單字及動詞…等，脫口說出像日本人一樣道地的日文！

　　本書共介紹四家助詞 CAFÉ：
★「格助詞 Café」★「副助詞 Café」★「接續助詞 Café」★「終助詞 Café」
每一家的「助詞咖啡」都各有特色喔！有空的話，每家都去逛逛，喝喝他們的咖啡，把助詞用法通通喝下，牢記在心，變身「助詞達人」說出一口流利的日文吧！

一喝難忘♪

笛藤編輯部

本書特色

☕ 咖啡館氛圍
一個助詞就是一杯咖啡！學助詞就像喝咖啡一樣輕鬆！

☕ 全彩助詞繪本
特別邀請日本插畫家—山本峰規子小姐，為每一例句手繪生動彩圖，讓活潑可愛的貓熊、兔子、貓咪、狗狗…一起陪你學助詞！

☕ 500則生動短句
用短句學好助詞，即學即用，脫口說出好日文！

☕ 加注羅馬拼音
初學者也可輕鬆學助詞！

☕ 中日對照MP3
例句中日對照發音，每個助詞用法都有簡單中文解說，不用看書只聽MP3也能學習！

☕ 助詞小點心＋文法充電
助詞用法＆詞類接續重點提醒，吃下助詞小點心、充充電，助詞實力UP！變身助詞達人！

☕ Coffee Break小專欄
介紹許多和咖啡有關的實用日語短句＆單字。

☕ 咖啡與文學
精選60句日本文豪名言佳句，以及兩篇咖啡小品文，採中日對照。標注並解說句子、文章中的助詞，透過閱讀文學作品，掌握助詞的運用時機！

☕ 附錄：動詞、形容詞、助動詞變化・50音圖表
隨時復習，詞類接續大丈夫！

準備好了嗎？
歡迎光臨
「日語助詞CAFÉ」！

使用
方法

分類書眉，方便尋找翻閱。

「文法充電」為助詞的接續法，這部份可先略過，想更深入研究時再看這裡哦！

- 助詞意義解說
- 助詞
- 助詞分類
- 助詞羅馬拼音
- MP3音軌

- 助詞意義分類小標題。
- 生動彩圖加深記憶！

- 例句中的紅字為每篇的重點助詞，
  翻譯中的藍字為助詞的意思。

- 補充助詞用法能量。

- 尋找穿插在圖中的小對白，
  學更多生活日語！

一個助詞就是一杯咖啡！要學好助詞，
請按照下列步驟「喝咖啡」哦！

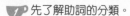
1 先了解助詞的分類。

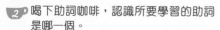
2 喝下助詞咖啡，認識所要學習的助詞
  是哪一個。

3 看遮陽棚上的解說，了解助詞意義。

4 閱讀意義分類小標題。

5 瀏覽彩圖並閱讀例句或插圖中的對話
  ，大聲唸出。

6 若想深入研究，再看 文法充電，
  了解助詞的接續法。

7 注意 助詞小點心 的出現，補充
  助詞能量。

8 重複聆聽MP3，常常複誦！

目錄

P70
Coffee Break
點一杯咖啡吧！

2.副助詞 Café P73

など
P111
趣味はドライブ
などです。
興趣是兜風之類的。

か
P116
誰か呼んでいる。
好像有人在叫我。

やら
P114
袋の中に何やら
入っている。
袋子裡好像有
放了什麼東西。

P120
Coffee Break
下午茶時間到了！

★輕食Menu P120
★甜點Menu P120
★茶品Menu P122
★甜點必學食感句 P122

3.接續助詞Café P123

ば
P124
どう行けば
いいですか？
我該怎麼去才好呢？

けれど
P135
お金持ちだけれど、
けちだ。
雖然是有錢人，
但很小氣。

と
P129
春が来ると
花が咲く。
春天一到，
花朵就會綻放。

が
P138
明日は晴れる
といいが…。
明天如果能
放晴就好了。

ても
P133
いくら食べても
太らない。
儘管怎麼吃也不會胖。

のに
P143
美人なのに
ガニ股だ。
她長得很漂亮，
偏偏走路卻外八。

7

ので
P145
熱<small>ねっ</small>があるので
寝<small>ね</small>ている。
因為發燒，
所以在家休息。

て
P149
赤<small>あか</small>くて美<small>うつく</small>しい花<small>はな</small>。
又紅又美麗的花。

から
P146
もう遅<small>おそ</small>いから、
おやすみなさい。
（因為）已經
很晚了，晚安。

ながら
P155
歩<small>ある</small>きながら考<small>かんが</small>えた。
邊走邊想。

し
P147
色<small>いろ</small>もよいし、
形<small>かたち</small>もよい。
顏色既漂亮，
形狀又好看。

たり
P157
飛<small>と</small>んだり跳<small>は</small>ね
たりしている。
又飛又跳。

P160
Coffee Break
日本咖啡連鎖名店

★咖啡店 P160
★咖啡豆種類 P161
★咖啡好幫手 P161
★咖啡好伴侶 P162

 4.終助詞Café P163

か
P164
大丈夫<small>だいじょうぶ</small>ですか？
不要緊嗎？

よ
P170
本当<small>ほんとう</small>によかったよ。
真是太好了啊！

な
P167
よそ見<small>み</small>を
するな。
別偷看！

とも
P174
そのお気持<small>きも</small>ち、
わかりますとも。
我當然知道你的心情。

さ P175
僕<ruby>ぼく<rt></rt></ruby>のはこれさ。
我的是這個吧。

や P182
もう面倒<ruby>めんどう<rt></rt></ruby>くさいや。
真是麻煩啊！

ね P176
とても
おいしいね。
非常好吃呢！

わ P182
わかったわ。
我知道哇。

ぞ P181
さあ行<ruby>い<rt></rt></ruby>くぞ。
那麼，我要丟囉！

ぜ P183
おれが引<ruby>ひ<rt></rt></ruby>き
受<ruby>う<rt></rt></ruby>けたぜ。
由我接手吧！

の P182
どこに行<ruby>い<rt></rt></ruby>くの？
要去哪裡呢？

て P183
ちょっと来<ruby>き<rt></rt></ruby>て。
請過來一下！

P184
咖啡與文學

いらっしゃいませ!
（歡迎光臨！）

助詞
基礎知識

什麼是「助詞」呢？

助詞在日語詞類中不像動詞、形容詞、形容動詞
（有語尾變化）及名詞、副詞、接續詞
（沒有語尾變化）可以獨立存在。

它必須和助動詞一樣附著在名詞、副詞等後面
來表示它在句中的意思。助詞可以概括地分為
「格助詞」、「接續助詞」、「副助詞」和「終助詞」四類。

1.格助詞

「格助詞」的「格」是指名詞在句中表示與其他詞之間的相互關係。它在句中所處的地位有：主格、所有格、目的格、補格等。

★例如：

学校からバスに乗り、東へ行き、駅に着きます。

（從學校搭上公車往東去，就到車站。）

上述句中的紅字，都是格助詞，並且都接在名詞後面，用來表示前面的名詞和後面的單語之間的關係。也就是說から和に這兩個格助詞，將學校和「バス」和「乗り」接起來，成為有完整意義的句子。

像這樣「規定單語和單語之間的關係」的助詞就是格助詞。

●格助詞主要有：

2.副助詞

「副助詞」附加在不同的語詞後面，帶有副詞色彩，來修飾句中的述語。

★例如：

私にもくれた。
（也給了我。）

上述句中的も為副助詞，若將も刪除並不影響句子結構在這裡純粹是為了「增添語意」，強調「也」的意思。

副助詞可以接在名詞、動詞、副詞…等各種語詞後面，

副助詞可和副助詞重疊接續使用，同時也可以和其他助詞重疊使用。

●副助詞主要有：

は　も　こそ　さえ　でも
しか　だって　なり　まで　ばかり
だけ　きり　ほど　くらい　など
やら　か

日本語の助詞とは…

なるほど…

12

3. 接續助詞

「接續助詞」在句與句之間，有承先啟後的作用，表示因果、並列、續起、敘述等關係。「接續助詞」的接續關係主要分為順接關係、逆接關係、單純接續三種。

（一）順接關係

1. 順接「假定」條件：

假設某種狀況，順應此狀況下自然而然發生的結果。表示「的話…就」、「如果…就」、「要是…吧」的意思。

★例如：
晴_はれれば、行_いきましょう。
（晴天的話，就去吧！）

2. 順接「確定」條件：

只要具備某種條件，就會發生某種情況，大多用來反映自然界和社會中的真理或必然結果。表示「了…就」、「一…就」的意思。

★例如：
春_{はる}が来_くれば、花_{はな}が咲_さきます。
（春天一到，花朵就會綻放。）

（二）逆接關係

1. 逆接「假定」條件：

產生和假定條件的結果相反。「即使…還是」、「即使…仍」的意思。

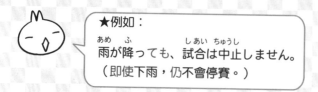

★例如：
雨が降っても、試合は中止しません。
（即使下雨，仍不會停賽。）

2. 逆接「確定」條件：

實際上已做了某項動作，但結果卻互相違背。「不論…都」、「儘管…仍」的意思。

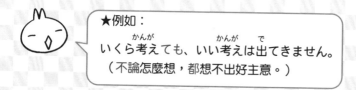

★例如：
いくら考えても、いい考えは出てきません。
（不論怎麼想，都想不出好主意。）

（三）單純接續

指前後文間不具因果關係，只單純表示並存、並列的關係。

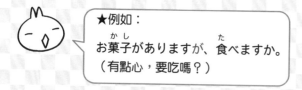

★例如：
お菓子がありますが、食べますか。
（有點心，要吃嗎？）

●接續助詞主要有：

4. 終助詞

「終助詞」位於句尾，表示語句完結，增添不同語氣和語意。表示說話人的感嘆、疑問、反問、禁止、希望、命令、警告、讚嘆…等多種用法。終助詞有時會分男性用語及女性用語，使用上要注意。

★例如：

*表示感嘆：
　あら、雪が降っているわ。
　（啊，下雪囉！）　　　　〈♀女性用語〉

*表示提醒、警告：
　さあ、今から出かけるぞ。
　（喂，該出門啦！）　　　〈♂男性用語〉

*表示疑問：
　あなたはどなたですか。
　（您是哪一位呢？）

*表示禁止
　誰にも言うな。
　（別和任何人說。）

*表示輕微強調的請求、願望：
　私といっしょに行ってよ。
　（和我一起去吧！）　　　〈♀女性用語〉

●終助詞主要有：

か　な　よ　とも　さ
ね　ぞ　の　や　わ
ぜ　て

15

memo

1.
格助詞
Café

格助詞的「格」是指名詞在句中表示與其它詞之間

的相互關係。

●格助詞成員●

が　の　を　に　へ

と　から　より　で　や

格・助・詞

が

接在名詞或句子後面，表示主語或好惡、能力的對象…等多種意思。

 文法充電 名詞 ＋ が

 表示句子的主語。

風が吹く。
ka.ze.ga.fu.ku
風吹。

星がきれいだ。
ho.shi.ga.ki.re.i.da
星星很漂亮！

明日が私の誕生日だ。
a.shi.ta.ga.wa.ta.shi.no.ta.n.jo.o.bi.da
明天是我的生日。

母がテレビを見ている。
ha.ha.ga.te.re.bi.o.mi.te.i.ru
媽媽正在看電視。

キャベツが安い。
kya.be.tsu.ga.ya.su.i
高麗菜很便宜。

（出神、心神蕩漾）

お茶が飲みたい。
o.cha.ga.no.mi.ta.i
我想喝茶。

ピーマンが苦手だ。
pi.i.ma.n.ga.ni.ga.te.da
我不敢吃青椒。

時計が欲しい。
to.ke.i.ga.ho.shi.i
我想要手錶。

兄はギターがうまい。
a.ni.wa.gi.ta.a.ga.u.ma.i
哥哥很會彈吉他。

表示大主題中的小主題。

象は鼻が長い。
zo.o.wa.ha.na.ga.na.ga.i
大象的鼻子很長。

母は料理が得意だ。
ha.ha.wa.ryo.o.ri.ga.to.ku.i.da
媽媽對料理很拿手。

この地方はりんごが有名だ。
ko.no.chi.ho.o.wa.ri.n.go.ga.yu.u.me.i.da
這個地方產的蘋果很有名。

彼は背が高い。
ka.re.wa.se.ga.ta.ka.i
他個子很高。

わたし なにいろ に あ
私には何色が似合うでしょうか？
wa.ta.shi.ni.wa.na.ni.i.ro.ga.ni.a.u.de.sho.o.ka
我適合什麼顏色呢？

格助詞 が

きょう だれ そうじ とうばん
今日は誰が掃除当番ですか？
kyo.o.wa.da.re.ga.so.o.ji.to.o.ba.n.de.su.ka
今天輪到誰打掃？

くだもの なに いちばん す
果物は何が一番お好きですか？
ku.da.mo.no.wa.na.ni.ga.i.chi.ba.n.o.su.ki.de.su.ka
你最喜歡什麼水果？

つ ごう
いつがご都合よろしいですか？
i.tsu.ga.go.tsu.go.o.yo.ro.shi.i.de.su.ka
什麼時候方便呢？

「が」後面的動詞通常都是自動詞。

文法充電　が + 自動詞

空に雲が浮かんでいる。
so.ra.ni.ku.mo.ga.u.ka.n.de.i.ru
天空飄著雲朵。

海が見える。
u.mi.ga.mi.e.ru
看得見海。

手が冷える。
te.ga.hi.e.ru
雙手冰冷。

桜の花が咲いている。
sa.ku.ra.no.ha.na.ga.sa.i.te.i.ru
櫻花綻放。

在習慣用法上，表示「要不要」的意思。

文法
充電 動詞未然形う（よう）＋ が ＋

五段動詞終止形・2、3類動詞未然形 まい＋ が

あの<ruby>人<rt>ひと</rt></ruby>に<ruby>会<rt>あ</rt></ruby>いに<ruby>行<rt>い</rt></ruby>こうが<ruby>行<rt>い</rt></ruby>くまいが、<ruby>私<rt>わたし</rt></ruby>の<ruby>自由<rt>じゆう</rt></ruby>です。
a.no.hi.to.ni.a.i.ni.i.ko.o.ga.i.ku.ma.i.ga、wa.ta.shi.no.ji.yu.u.de.su
我要不要去見那個人，是我的自由。

あなたが<ruby>彼女<rt>かのじょ</rt></ruby>と<ruby>結婚<rt>けっこん</rt></ruby>しようがしまいが、

<ruby>私<rt>わたし</rt></ruby>には<ruby>関係<rt>かんけい</rt></ruby>のないことです。
a.na.ta.ga.ka.no.jo.to.ke.k.ko.n.shi.yo.o.ga.shi.ma.i.ga、
wa.ta.shi.ni.wa.ka.n.ke.i.no.na.i.ko.to.de.su
你要不要和她結婚，和我沒有關係。

の

No
🔊02

表示所有，「的」的意思，或表示
主語、並列、疑問…等意思。

表示中文「的」的意思。

文法充電 名詞 + の

もも はな
桃の花。
mo.mo.no.ha.na
桃（樹所開的）花。

わたし ほん
私の本。
wa.ta.shi.no.ho.n
我的書。

ごねん さいげつ
5年の歳月。
go.ne.n.no.sa.i.ge.tsu
5年的歲月。

文法充電 副詞 + の

ちが
ちょっとの違い。
cho.t.to.no.chi.ga.i
一點點的不一樣。。

文法充電 助詞 + の

かえ いいつ
すぐ帰れとの言付け。
su.gu.ka.e.re.to.no.i.i.tsu.ke
接到立即回去的命令。

げんかんさき た ばなし
玄関先での立ち話。
ge.n.ka.n.sa.ki.de.no.ta.chi.ba.na.shi
在玄關說的閒話家常。

文法
充電   名詞 + の
（可用が替換成 名詞 + が 例：月の丸い＝月が丸い）

<small>つき まる よる</small>
月の丸い夜。
tsu.ki.no.ma.ru.i.yo.ru
月圓之夜。

<small>あきかぜ ふ ころ</small>
秋風の吹く頃。
a.ki.ka.ze.no.fu.ku.ko.ro
秋風吹拂時。

<small>なみ あ うみ</small>
波の荒れる海。
na.mi.no.a.re.ru.u.mi
海上波濤洶湧。

<small>ゆうめいじん く みせ</small>
有名人の来る店。
yu.u.me.i.ji.n.no.ku.ru.mi.se
名人所光臨的店。

格助詞 の

25

交通の発達したところ。
ko.o.tsu.u.no.ha.t.ta.tsu.shi.ta.to.ko.ro
交通發達的地方。

金の欲しい人。
ka.ne.no.ho.shi.i.hi.to
想要金錢的人。

休憩の必要な方。
kyu.u.ke.i.no.hi.tsu.yo.o.na.ka.ta
需要休息的人。

英語の話せる方。
e.i.go.no.ha.na.se.ru.ka.ta
會說英文的人。

の 相當於「～的」，如「新的」、「紅的」…等。

❶ の＝もの（東西）
（例：新しいの＝新しいもの）

そろそろ新しいのが欲しいです。
so.ro.so.ro.a.ta.ra.shi.i.no.ga.ho.shi.i.de.su
差不多該換新的了。

赤いのをください。
a.ka.i.no.o.ku.da.sa.i
請給我紅色的。

いいのもあれば、悪いのもあります。
i.i.no.mo.a.re.ba、wa.ru.i.no.mo.a.ri.ma.su
有好的也有壞的。

一番安いので結構です。
i.chi.ba.n.ya.su.i.no.de.ke.k.ko.o.de.su
請給我最便宜的就好了。

・サービス品：特價品 ・当店オススメ：本店推薦

② の＝こと（事情）
（例：登るの＝登ること）

登るのが難しい。
no.bo.ru.no.ga.mu.zu.ka.shi.i
很難爬上去。

冬はとても寒いのがつらい。
fu.yu.wa.to.te.mo.sa.mu.i.no.ga.tsu.ra.i
冬天天氣很冷，真難受。

気が短いのが欠点だ。
ki.ga.mi.ji.ka.i.no.ga.ke.t.te.n.da
個性急躁是他的缺點。

一番早く起きるのは母です。
i.chi.ba.n.ha.ya.ku.o.ki.ru.no.wa.ha.ha.de.su
最早起床的人是媽媽。

格助詞 の

向こうにいるのは、私の父です。
mu.ko.o.ni.i.ru.no.wa、wa.ta.shi.no.chi.chi.de.su
現在站在對面的人是我的爸爸。

あそこで手を振っているのが兄です。
a.so.ko.de.te.o.fu.t.te.i.ru.no.ga.a.ni.de.su
在那裡揮著手的人是我的哥哥。

いつも損をするのは、私です。
i.tsu.mo.so.no.su.ru.no.wa、wa.ta.shi.de.su
吃虧的人總是我。

どうの（だの）こうの（だの）と不平ばかり言う。

do.o.no.(da.no)ko.o.no.(da.no)to.fu.he.i.ba.ka.ri.i.u

這個那個的不停地發牢騷。

（補習班）

行くの（だの）行かないの（だの）ともめている。

i.ku.no.(da.no)i.ka.na.i.no.(da.no)to.mo.me.te.i.ru

為了要去不去之類的事在爭吵。

もう帰_{かえ}るの？
mo.o.ka.e.ru.no
要回去了嗎？

本当_{ほんとう}にわかっているの？
ho.n.to.o.ni.wa.ka.t.te.i.ru.no
你真的了解了嗎？

いつけがをしたの？
i.tsu.ke.ga.o.shi.ta.no
什麼時候受傷的呢？

今頃_{いまごろ}どこへ行_いくの？
i.ma.go.ro.do.ko.e.i.ku.no
現在這個時候你要去哪裡呢？

格・助・詞

を

主要用來表示行為動作的對象、
場所或起點。

 表示動作的對象。這時動詞用他動詞，
等於英語中的及物動詞。

文法
充電　名詞 ＋ を ＋ 他動詞

本を買う。
ho.n.o.ka.u
買書。

帽子をかぶる。
bo.o.shi.o.ka.bu.ru
戴帽子。

友人が来るのを待っています。
yu.u.ji.n.ga.ku.ru.no.o.ma.t.te.i.ma.su
等朋友來。

泣きたいのをがまんする。
na.ki.ta.i.no.o.ga.ma.n.su.ru
忍住不哭。

表示動作、經過某些場所，有「經過」、「走過」的意思。

文法充電　名詞 + を + 移動的自動詞

（請勿在走廊奔跑！）

廊下を走る。
ro.o.ka.o.ha.shi.ru
在走廊上跑。

前を向く。
ma.e.o.mu.ku
朝向前方。

道を歩く。
mi.chi.o.a.ru.ku
走路。

助詞小點心　在日語裡，所有移動動詞前面一定要用を，而を前面的名詞就是經過的場所或出發的地點。

表示移動的起點，有「由」、「從」的意思。

文法充電　名詞 ＋ を ＋ 移動動詞

部屋を出る。
he.ya.o.de.ru
從房間走出來。

親元を離れる。
o.ya.mo.to.o.ha.na.re.ru
從父母身邊離開。

職場を去る。
sho.ku.ba.o.sa.ru
從公司退休。

東京を出発する。
to.o.kyo.o.o.shu.p.pa.tsu.su.ru
從東京出發。

「を」前面的名詞作為使役的對象，後面的動詞用使役動詞（助動詞）。

文法充電　名詞 + を + 使役動詞 ・ 使役助動詞

子供(こども)にピアノの練習(れんしゅう)をさせる。
ko.do.mo.ni.pi.a.no.no.re.n.shu.u.o.sa.se.ru
叫小孩練習鋼琴。

あまり私(わたし)を困(こま)らせないでください。
a.ma.ri.wa.ta.shi.o.ko.ma.ra.se.na.i.de.ku.da.sa.i
請不要讓我為難。

格・助・詞
に

主要用來表示場所、時間及動作的
結果和目的…等多種意思。

表示場所和時間，有「在」的意思。

文法充電 名詞 + に

その店は東京にしかない。
so.no.mi.se.wa.to.o.kyo.o.ni.shi.ka.na.i
那間店只有在東京才有。

父は今日家にいる。
chi.chi.wa.kyo.o.u.chi.ni.i.ru
爸爸今天在家。

毎晩10時に寝ます。
ma.i.ba.n.ju.u.ji.ni.ne.ma.su
每天晚上在10點睡覺。

表示「到」的意思。

文法充電 名詞 + に

京都に行く。
きょうと　い
kyo.o.to.ni.i.ku
去京都。

自宅に帰る。
じ　たく　かえ
ji.ta.ku.ni.ka.e.ru
回到家裡。

車に乗る。
くるま　の
ku.ru.ma.ni.no.ru
坐上車子。

下に降りる。
した　お
shi.ta.ni.o.ri.ru
走到下面。

東京に着いた。
とうきょう　つ
to.o.kyo.o.ni.tsu.i.ta
抵達（到）東京了。

トイレに行く。
い
to.i.re.ni.i.ku
到洗手間去。

表示動作或作用的結果，有「成為」、「變成」的意思。

名詞 + に

しゃちょう
社長になる。
sha.cho.o.ni.na.ru
成為社長。

おおあめ
大雨になる。
o.o.a.me.ni.na.ru
雨勢變大。

• ポツリ：水滴落狀　• ザーザー：嘩啦嘩啦

びじん
美人になる。
bi.ji.n.ni.na.ru
變成美女。

かしゅ
歌手になりたい。
ka.shu.ni.na.ri.ta.i
想成為歌手。

表示動作的目的，「為了～而做～（動作）」。

文法
充電
動詞性名詞 + に
動詞連用形 + に

格助詞 に

花見に行く。
ha.na.mi.ni.i.ku
去賞花。

温泉に入りに来た。
o.n.se.n.ni.ha.i.ri.ni.ki.ta
來泡溫泉。

デパートへ買い物に行く。
de.pa.a.to.e.ka.i.mo.no.ni.i.ku
去百貨公司買東西。

在兩者之中把其中一個當做比較的基準，有「比」、「較…」、「和…（相似）」、「等於…」的意思。

文法
充電　名詞 ＋ に

あの子は父親に似ている。
a.no.ko.wa.chi.chi.o.ya.ni.ni.te.i.ru
那個孩子長得像爸爸。

昨日に比べて暑い。
ki.no.o.ni.ku.ra.be.te.a.tsu.i
比昨天熱。

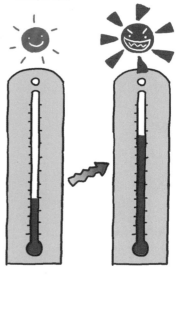

この量だとすずめの涙に等しいと言える。
ko.no.ryo.o.da.to.su.zu.me.no.na.mi.da.ni.hi.to.shi.i.to.i.e.ru
這個量可以說是和麻雀的眼淚(少許、一點點)一樣少。

（註：すずめの涙有形容「量很少」之意。）

表示被動的主體（動作體），「被～」的意思。

文法充電 名詞 + に + 被動動詞 ・ 被動助動詞

せんせい
先生にほめられる。
se.n.se.i.ni.ho.me.ra.re.ru
被老師誇獎。

ひと わら
人に笑われる。
hi.to.ni.wa.ra.wa.re.ru
被人嘲笑。

す
みんなに好かれる。
mi.n.na.ni.su.ka.re.ru
被大家所喜愛（討人喜歡）。

いぬ
犬にかまれる。
i.nu.ni.ka.ma.re.ru
被狗咬。

表示使役的對象，「使（人、物）～」的意思。

文法充電　名詞　＋　に　＋　使役動詞　・　使役助動詞

いもうと　まど　あ
妹に窓を開けさせる。
i.mo.o.to.ni.ma.do.o.a.ke.sa.se.ru
叫妹妹把窗戶打開。

つま　こそだ　まか
妻に子育てを任せる。
tsu.ma.ni.ko.so.da.te.o.ma.ka.se.ru
把撫養小孩的事交給老婆。

おっと　かじ　てつだ
夫に家事を手伝わせる。
o.t.to.ni.ka.ji.o.te.tsu.da.wa.se.ru
叫老公幫忙做家事。

文法充電 動詞連用形 + に

格助詞 に

<ruby>泣<rt>な</rt></ruby>きに<ruby>泣<rt>な</rt></ruby>く。
na.ki.ni.na.ku
哭個不停。

<ruby>凝<rt>こ</rt></ruby>りに<ruby>凝<rt>こ</rt></ruby>った<ruby>作<rt>つく</rt></ruby>り。
ko.ri.ni.ko.t.ta.tsu.ku.ri
精心設計之作。

<ruby>明日<rt>あした</rt></ruby>は<ruby>待<rt>ま</rt></ruby>ちに<ruby>待<rt>ま</rt></ruby>った<ruby>遠足<rt>えんそく</rt></ruby>だ。
a.shi.ta.wa.ma.chi.ni.ma.t.ta.e.n.so.ku.da
明天是期待已久的遠足。

文法充電　名詞 + に

コーヒー１つに紅茶２つください。
ko.o.hi.i.hi.to.tsu.ni.ko.o.cha.fu.ta.tsu.ku.da.sa.i
請給我1杯咖啡和2杯紅茶。

夏休みは海に山に川に遊びに行きます。
na.tsu.ya.su.mi.wa.u.mi.ni.ya.ma.ni.ka.wa.ni.a.so.bi.ni.i.ki.ma.su
暑假去海邊和山上還有河邊玩。

へ E

🔊05

表示動作的方向、目的地及動作的對象。

 表示動作的方向，「往」、「向」、「到」的意思。

文法充電 名詞 + へ

ま あ ば しょ む
待ち合わせ場所へ向かう。
ma.chi.a.wa.se.ba.sho.e.mu.ka.u
前往約定的地點。

おおさか い
大阪へ行く。
o.o.sa.ka.e.i.ku
去大阪。

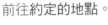

うし まわ
後ろへ回る。
u.shi.ro.e.ma.wa.ru
繞到後面。

かわした なが
川下へ流れる。
ka.wa.shi.ta.e.na.ga.re.ru
漂往下游。

文法充電 名詞 +

ここへ<ruby>来<rt>き</rt></ruby>てください。
ko.ko.e.ki.te.ku.da.sa.i
請來這裡。

<ruby>棚<rt>たな</rt></ruby>の<ruby>上<rt>うえ</rt></ruby>へ<ruby>置<rt>お</rt></ruby>く。
ta.na.no.u.e.e.o.ku
放在架子上。

<ruby>店<rt>みせ</rt></ruby>の<ruby>中<rt>なか</rt></ruby>へ<ruby>入<rt>はい</rt></ruby>る。
mi.se.no.na.ka.e.ha.i.ru
走進店裡。

助詞
小點心
＊「に」比較注重方向、歸著點。（請參考P.37）
＊「へ」比較強調動作的經過。

文法充電 名詞 ＋ へ

これはあなたへ差し上げます。
ko.re.wa.a.na.ta.e.sa.shi.a.ge.ma.su
這個送給您。

格助詞 へ

奥様へよろしくお伝えください。
o.ku.sa.ma.e.yo.ro.shi.ku.o.tsu.ta.e.ku.da.sa.i
請幫我向夫人問個好。

サンタクロースへ手紙を書く。
sa.n.ta.ku.ro.o.su.e.te.ga.mi.o.ka.ku
寫信給聖誕老公公。

To 🔊06

格・助・詞

と

表示並列、比較及變化…等
多種意思。

列舉不同事物並列，表示「和」的意思。

文法
充電 事物 ＋ と ＋ 事物

リンゴとバナナを買^かった。
ri.n.go.to.ba.na.na.o.ka.t.ta
買了蘋果和香蕉。

大人用^{おとな よう}のと子供用^{こども よう}のをください。
o.to.na.yo.o.no.to.ko.do.mo.yo.o.no.o.ku.da.sa.i
請給我大人和小朋友用的。

見^みると聞^きくとでは大違^{おおちが}いだ。
mi.ru.to.ki.ku.to.de.wa.o.o.chi.ga.i.da
看到和聽到的完全不同。

表示「和」、「同」、「和…一起」的意思。

文法充電 名詞 ＋ と

格助詞 と

いもうと　い
妹 と行く
i.mo.o.to.to.i.ku
和妹妹一起去。

けっこん
あなたと結婚したい。
a.na.ta.to.ke.k.ko.n.shi.ta.i
我想和你結婚。

ちから　あ
みんなと力を合わせる。
mi.n.na.to.chi.ka.ra.o.a.wa.se.ru
和大家同心協力。

表示「和～」相同、不同、類似…的意思。

文法充電 比較對象 ・ 基準 + と

それは<ruby>私<rt>わたし</rt></ruby>のと<ruby>同<rt>おな</rt></ruby>じです。
so.re.wa.wa.ta.shi.no.to.o.na.ji.de.su
那個和我的一樣。

これは<ruby>彼<rt>かれ</rt></ruby>のとよく<ruby>似<rt>に</rt></ruby>ている。
ko.re.wa.ka.re.no.to.yo.ku.ni.te.i.ru
這個和他的很像。

あの<ruby>人<rt>ひと</rt></ruby>は<ruby>普通<rt>ふつう</rt></ruby>の<ruby>人<rt>ひと</rt></ruby>と<ruby>違<rt>ちが</rt></ruby>う<ruby>頭脳<rt>ずのう</rt></ruby>の<ruby>持<rt>も</rt></ruby>ち<ruby>主<rt>ぬし</rt></ruby>だ。
a.no.hi.to.wa.fu.tsu.u.no.hi.to.to.chi.ga.u.zu.no.o.no.mo.chi.nu.shi.da
那個人的頭腦和一般人不同。

表示變化的結果，「成為」、「變成」的意思。

文法
充電　名詞 ＋ と ＋ なる
　　　名詞 ＋ と ＋ する

シェフとなる。
she.fu.to.na.ru
成為主廚。

みず　こおり
水が氷となる。
mi.zu.ga.ko.o.ri.to.na.ru
水變成冰。

しゅうごう　ばしょ
ここを集合場所とします。
ko.ko.o.shu.u.go.o.ba.sho.to.shi.ma.su
將這裡作為集合的場所。

はちじゅってん　い じょう　　ごうかく
80 点以上を合格とする。
ha.chi.ju.t.te.ni.jo.o.o.go.o.ka.ku.to.su.ru
80分以上為合格。

格助詞 と

表示「指定」、「敘述」、「思考」的内容，因後面所接的動詞不同，產生不同的意思。

文法充電 と + 動詞 (言う、思う、呼ぶ、考える…)

★と言う(い)(叫做)

★と思う(おも)(認為)

★と呼ぶ(よ)(稱為、叫做)

★と考える(かんが)(想、考慮)…等等。

あれは利根川(とねがわ)と言う川(かわ)です。
a.re.wa.to.ne.ga.wa.to.i.u.ka.wa.de.su
那條河川叫做利根川。

明日(あした)は晴(は)れると思(おも)う。
a.shi.ta.wa.ha.re.ru.to.o.mo.u
我覺得明天會是晴天。

私(わたし)は藤木(ふじき)と言(い)う者(もの)です。
wa.ta.shi.wa.fu.ji.ki.to.i.u.mo.no.de.su
我叫做藤木。

文法充電 | 需引用的小句子 ・ 詞語 ＋ と

彼女は「次は男の子を生みたい」と言った。
ka.no.jo.wa「tsu.gi.wa.o.to.ko.no.ko.o.u.mi.ta.i」to.i.t.ta
她說「下一個想生個男孩」。

あの店はおいしいと評判だ。
a.no.mi.se.wa.o.i.shi.i.to.hyo.o.ba.n.da
大家都說那間店（的料理）很好吃。

（手打烏龍麵）

格助詞 と

「お父さんなんか大嫌い」と娘に言われた。
「o.to.o.sa.n.na.n.ka.da.i.ki.ra.i」to.mu.su.me.ni.i.wa.re.ta
被女兒說「我最討厭爸爸了」。

猿も木から落ちると言います。
sa.ru.mo.ki.ka.ra.o.chi.ru.to.i.i.ma.su
據說就連猴子也會從樹上掉下來。
（註：猿も木から落ちる有「人有失足・馬有失蹄」之意。）

53

格・助・詞
から
Kara

◀07

表示動作、時間的起點、原料的
來源及原因…等意思。

表示動作、作用的起點，有「從」、「自」、
「由」的意思。

文法
充電　名詞 ＋ から

はや　　　　　　　はな
早くここから離れよう。
ha.ya.ku.ko.ko.ka.ra.ha.na.re.yo.o
我們趕緊從這個地方離開吧！

さい ふ　　　　　かね　と　だ
財布からお金を取り出す。
sa.i.fu.ka.ra.o.ka.ne.o.to.ri.da.su
從錢包裡面拿出錢。

はは　　　　こ づか
母からお小遣いをもらう。
ha.ha.ka.ra.o.ko.zu.ka.i.o.mo.ra.u
從媽媽那裡得到零用錢。

大人気！ お金が カエル ちゃん
（金錢小蛙）

やす　　　　　　ごひゃくえん
安いのは500円からあります。
ya.su.i.no.wa.go.hya.ku.e.n.ka.ra.a.ri.ma.su
最便宜的從500日圓起跳。

場所、時間的起點，「從」的意思。

文法充電 名詞 + から

格助詞 から

まど つき なが
窓から月を眺める。
ma.do.ka.ra.tsu.ki.o.na.ga.me.ru
從窗戶眺望月亮。

いち じ かんまえ ま
1時間前から待っている。
i.chi.ji.ka.n.ma.e.ka.ra.ma.t.te.i.ru
我從 1 個小時前開始等。

みち ひがし わたし と ち
道から東が私の土地です。
mi.chi.ka.ra.hi.ga.shi.ga.wa.ta.shi.no.to.chi.de.su
從馬路的東邊起是屬於我的土地。

文法
充電　名詞　+　から

ひつじ　け　　けいと　つく
羊の毛から毛糸が作られます。
hi.tsu.ji.no.ke.ka.ra.ke.i.to.ga.tsu.ku.ra.re.ma.su
毛線是由羊毛製成的。

　　　　　　　　　　　　　　　　と
みかんからビタミンCを摂る。
mi.ka.n.ka.ra.bi.ta.mi.n.C.o.to.ru
從橘子裡攝取維他命C。

ロボットはたくさんのパーツからできている。
ro.bo.t.to.wa.ta.ku.sa.n.no.pa.a.tsu.ka.ra.de.ki.te.i.ru
機器人是由許多零件組成的。

作為起始點，「從～」起算的意思。

 文法充電 名詞 ＋ から

5歳から上の子供。
go.sa.i.ka.ra.u.e.no.ko.do.mo
5歲以上的小朋友。

100メートルから先には潜れません。
hya.ku.me.e.to.ru.ka.ra.sa.ki.ni.wa.ku.gu.re.ma.se.n
無法潛入海拔100公尺以上的深度。

早く来た人から入る。
ha.ya.ku.ki.ta.hi.to.ka.ra.ha.i.ru
從先到的人開始進場。

文法充電　名詞 ＋ から ＋ 名詞 ＋ まで

とうきょう　　おおさか　　　　　きっぷ　か
東京から大阪までの切符を買った。
to.o.kyo.o.ka.ra.o.o.sa.ka.ma.de.no.ki.p.pu.o.ka.t.ta
我買了從東京到大阪的車票。

（自動售票機）

くじ　　　　ごじ　　　はたら
9時から5時まで働きます。
ku.ji.ka.ra.go.ji.ma.de.ha.ta.ra.ki.ma.su
我從9點工作到5點。

いえ　　しょくば　　とお
家から職場まで遠いですか？
i.e.ka.ra.sho.ku.ba.ma.de.to.o.i.de.su.ka
從家裡到公司遠嗎？

表示原因，「因為～」的意思。

文法充電 　名詞 ＋ から

きょう ふ 　な 　だ
恐怖から泣き出しました。
kyo.o.fu.ka.ra.na.ki.da.shi.ma.shi.ta
因害怕而哭了出來。

さむ 　　　かぜ ひ
寒さから風邪を引く。
sa.mu.sa.ka.ra.ka.ze.o.hi.ku
因寒冷而感冒。

ひ 　　かじ 　　　こと おお
たばこの火から火事になる事が多いです。
ta.ba.ko.no.hi.ka.ra.ka.ji.ni.na.ru.ko.to.ga.o.o.i.de.su
因香煙引起火災的事故很多。

 「から」除了作為格助詞也具有接續助詞的作用（請參考P146）。
格助詞的から前面接名詞，而接續助詞前面則接動詞、形容詞、
形容動詞的終止形，表示主觀的原因、理由，兩者不要混淆喔！

格助詞 から

より

Yori 🔊08

表示比較、起點及限定的意思。

 比較的基準，「比」的意思。

文法充電 名詞 + より

こうちゃ ほう す
紅茶よりコーヒーの方が好きです。
ko.o.cha.yo.ri.ko.o.hi.i.no.ho.o.ga.su.ki.de.su
跟紅茶相比，我比較喜歡咖啡。

いもうと わたし び じん
妹は私より美人だ。
i.mo.o.to.wa.wa.ta.shi.yo.ri.bi.ji.n.da
妹妹長得比我漂亮。

らく
さっきより楽になりました。
sa.k.ki.yo.ri.ra.ku.ni.na.ri.ma.shi.ta
比剛剛舒服許多。

だれ はや はし
誰より(も)速く走る。
da.re.yo.ri.(mo)ha.ya.ku.ha.shi.ru
我比誰都跑得快。

動作或作用的時空起點，「自」、「從」、「離」的意思。

文法充電　名詞 + より

10時より前に着きました。

ju.u.ji.yo.ri.ma.e.ni.tsu.ki.ma.shi.ta

在10點之前抵達了。

（請稍待。）

格助詞 より

名古屋より西で売られている品。

na.go.ya.yo.ri.ni.shi.de.u.ra.re.te.i.ru.shi.na

在離名古屋更西邊的地方，所販賣的商品。

• うまい：好吃！

その話は今よりずっと昔のことであった。

so.no.ha.na.shi.wa.i.ma.yo.ri.zu.t.to.mu.ka.shi.no.ko.to.de.a.t.ta

那是離現在很久的事。

表示限定，「除了…之外…」、「只有…」的意思。

文法
充電　より⓪ + ほか・しか + 否定形

私（わたし）よりほか（しか）知（し）りません。
wa.ta.shi.yo.ri.ho.ka.(shi.ka)shi.ri.ma.se.n
只有我知道。

祖父（そふ）は山形弁（やまがたべん）よりほか（しか）しゃべりません。
so.fu.wa.ya.ma.ga.ta.be.n.yo.ri.ho.ka.(shi.ka)sha.be.ri.ma.se.n
爺爺只會說山形腔。

今（いま）はがまんするよりほか（しか）ありません。
i.ma.wa.ga.ma.n.su.ru.yo.ri.ho.ka.(shi.ka)a.ri.ma.se.n
現在只能忍耐了。

これよりほか（しか）仕方（しかた）ない。
ko.re.yo.ri.ho.ka.(shi.ka)shi.ka.ta.na.i
只有這個辦法。

格・助・詞

De

◀09

表示動作的地點或時間、使用的方法、手段及原因…等意思。

動作所在的地點或時間,「在」的意思。

文法充電　名詞 + で

こども　　こうえん　あそ
子供は公園で遊びなさい。
ko.do.mo.wa.ko.o.e.n.de.a.so.bi.na.sa.i
小朋友請到公園玩。

かれ　じゅっさい　　　　　　　そだ
彼は10歳までアメリカで育った。
ka.re.wa.ju.s.sa.i.ma.de.a.me.ri.ka.de.so.da.t.ta
他10歲之前是在美國長大的。

家から学校まで20分で行ける。
u.chi.ka.ra.ga.k.ko.o.ma.de.ni.ju.p.pu.n.de.i.ke.ru

從我家20分鐘就可以到學校。

うち　がっこう　にじゅっぷん　い

わたし　　　　　　　　　　　　はじ　　　　で　あ
私たちはここで初めて出会いました。
wa.ta.shi.ta.chi.wa.ko.ko.de.ha.ji.me.te.de.a.i.ma.shi.ta

我們是在這裡初次相遇的。

助詞
小點心

表示地點時，で和に容易被混淆，原則上，「に」表示靜態的場所(請參考P.36)，「で」表示某一行為或動作施行的場所。

所用的方法、手段、工具、原料，「用」的意思。

文法充電　名詞 ＋ で

着いたら携帯（電話）で知らせます。
tsu.i.ta.ra.ke.i.ta.i.(de.n.wa)de.shi.ra.se.ma.su
到了之後，我會用手機通知你。

インターネットで調べる。
i.n.ta.a.ne.t.to.de.shi.ra.be.ru
用網路查。

うちわで扇ぐ。
u.chi.wa.de.a.o.gu
用扇子搧風。

タクシーで帰る。
ta.ku.shi.i.de.ka.e.ru
搭計程車回家。

格助詞　で

で 原因或理由，「因為」的意思。

文法充電　名詞 ＋ で

そうおん　ねむ
騒音で眠れない。
so.o.o.n.de.ne.mu.re.na.i
因為噪音吵得睡不著。

りょこう　じゅんび　いそが
旅行の準備で忙しい。
ryo.ko.o.no.ju.n.bi.de.i.so.ga.shi.i
因為在做旅行的準備，很忙碌。

ね ぶ そく　げん き
寝不足で元気がない。
ne.bu.so.ku.de.ge.n.ki.ga.na.i
因為睡眠不足，顯得無精打采。

たす
おかげさまで助かりました。
o.ka.ge.sa.ma.de.ta.su.ka.ri.ma.shi.ta
（因為）託您的福，幫了我大忙。

Ya

🔊 10

主要表示事、物的並列，「…等等」
的意思。

 名詞 +

格助詞や

猫や犬や亀を飼っている。
ne.ko.ya.i.nu.ya.ka.me.o.ka.t.te.i.ru
我有養貓啦狗啦烏龜啦。

父や母に甘える。
chi.chi.ya.ha.ha.ni.a.ma.e.ru
向爸爸和媽媽撒嬌。

かばんに財布や本を入れる。
ka.ba.n.ni.sa.i.fu.ya.ho.n.o.i.re.ru
將錢包啦書本啦放進包包裡。

大きいのや小さいのや、たくさんいる。
o.o.ki.i.no.ya.chi.i.sa.i.no.ya、ta.ku.sa.n.i.ru
有大的也有小的。

いいのや悪いのや、いろいろ混ざっている。
i.i.no.ya.wa.ru.i.no.ya、i.ro.i.ro.ma.za.t.te.i.ru
各種好的東西和不好的東西，混雜在一起。

寒いのや暑いのが苦手です。
sa.mu.i.no.ya.a.tsu.i.no.ga.ni.ga.te.de.su
怕冷也怕熱。

助詞
小點心

此處格助詞の為P.27的用法，相當於「～的」，如「新的」、「紅的」…等。

memo

Coffee Break
點一杯咖啡吧!

到日本看到滿街時髦的咖啡店,如果不進去
點杯咖啡來喝,可就太對不起自己囉!

● 如何點飲料呢?

店員

お飲み物は何になさいますか。
o.no.mi.mo.no.wa.na.ni.ni.na.sa.i.ma.su.ka
你想要什麼飲料?

顧客

Mサイズのコーヒーをください。
e.mu.sa.i.zu.no.ko.o.hi.i.o.ku.da.sa.i
請給我中杯咖啡。

● 你想喝什麼呢?試試看替換以下的單字,
點一杯自己喜歡的飲料吧!

★容量大小

size Sサイズ e.su.sa.i.zu 小杯	small size スモールサイズ su.mo.o.ru.sa.i.zu 小杯	short ショート sho.o.to 小杯
size Mサイズ e.mu.sa.i.zu 中杯	middle size ミドルサイズ mi.do.ru.sa.i.zu 中杯	tall トール to.o.ru 中杯

size
Lサイズ
e.ru.sa.i.zu
大杯

large size
ラージサイズ
ra.a.ji.sa.i.zu
大杯

grande
グランデ
gu.ra.n.de
大杯

size
LLサイズ
e.ru.e.ru.sa.i.zu
重量杯

venti
ベンティ
be.n.ti
重量杯

regular size
レギュラーサイズ
re.gyu.ra.a.sa.i.zu
標準大小

★飲料種類Menu

Café latte
カフェラテ
ka.fe.ra.te
拿鐵

Caramel Macchiato
キャラメルマキアート
kya.ra.me.ru.ma.ki.a.a.to
焦糖瑪奇朵

Café Mocha
カフェモカ
ka.fe.mo.ka
摩卡

Cappuccino
カプチーノ
ka.pu.chi.i.no
卡布奇諾

Espresso
エスプレッソ
e.su.pu.re.s.so
義式濃縮咖啡

American coffee
アメリカンコーヒー
a.me.ri.ka.n.ko.o.hi.i
美式咖啡

Blend coffee
ブランドコーヒー
bu.ra.n.do.ko.o.hi.i
特調綜合咖啡

すみやき coffee
炭焼コーヒー
su.mi.ya.ki.ko.o.hi.i
炭燒咖啡

Blue mountain
ブルーマウンテン
bu.ru.u.ma.u.n.te.n
藍山咖啡

hot coffee
ホットコーヒー
ho.t.to.ko.o.hi.i
熱咖啡

ice coffee
アイスコーヒー
a.i.su.ko.o.hi.i
冰咖啡

本日のコーヒー

ほんじつ coffee
本 日のコーヒー
ho.n.ji.tsu.no.ko.o.hi.i
今日咖啡

和製英語 caffeineless coffee
カフェインレスコーヒー
ka.fe.i.n.re.su.ko.o.hi.i
低咖啡因咖啡

とうにゅう latte
豆 乳ラテ
to.o.nyu.u.ra.te
豆漿拿鐵

まっちゃ latte
抹茶ラテ
ma.c.cha.ra.te
抹茶拿鐵

café au lait
カフェオレ
ka.fe.o.re
咖啡歐蕾

milk
イチゴミルク
i.chi.go.mi.ru.ku
草莓牛奶

Cocoa
ココア
ko.ko.a
可可

Royal milk tea
ロイヤルミルクティー
ro.i.ya.ru.mi.ru.ku.ti.i
皇家奶茶

float
フロート
fu.ro.o.to
漂浮飲料

lemon tea
レモンティー
re.mo.n.ti.i
檸檬茶

ちゃ
ゆず茶
yu.zu.cha
柚子茶

smoothie
スムージー
su.mu.u.ji.i
冰沙

Orange juice
オレンジジュース
o.re.n.ji.ju.u.su
柳橙汁

grapefruit juice
グレープフルーツジュース
gu.re.e.pu.fu.ru.u.tsu.ju.u.su
葡萄柚汁

apple juice
アップルジュース
a.p.pu.ru.ju.u.su
蘋果汁

紅茶よりコーヒー
のほうがすきです!

(比起紅茶,
我更喜歡咖啡!)

2.
副助詞
Café

「副助詞」附加在不同的語詞後，帶有副詞色彩，

修飾句中的述語。

●副助詞成員●

| は | も | こそ | さえ | でも | しか |

| だって | なり | まで | ばかり | だけ |

| きり | ほど | くらい | など | やら | か |

wa

強調主題。

🔊11

文法充電

名詞 ・ 形式名詞 ＋ は

動詞 ・ 形容詞 ・ 形容動詞 連用形 ＋ は

副詞 ・ 助詞 ＋ は

★也放在「ている」、「てもらう」、「てみる」等補助動詞中間，構成「てはいる」、「てはもらう」、「てはみる」。

表示強調主題或主語

ゆき しろ
雪は白い。
yu.ki.wa.shi.ro.i
雪很白。

きょう あつ
今日はとくに暑い。
kyo.o.wa.to.ku.ni.a.tsu.i
今天特別熱。

ふ じ さん のぼ
富士山にはまだ登ったことがない。
fu.ji.sa.n.ni.wa.ma.da.no.bo.t.ta.ko.to.ga.na.i
我還沒爬過富士山。

74

京都へは行ったことがありません。
kyo.o.to.e.wa.i.t.ta.ko.to.ga.a.ri.ma.se.n
我沒有去過京都。

ここから先は私が持ちます。
ko.ko.ka.ra.sa.ki.wa.wa.ta.shi.ga.mo.chi.ma.su
從這裡開始換我來拿。

よくは知らない。
yo.ku.wa.shi.ra.na.i
我不太清楚。

（啃著嚙嚙）　（大口咬嚙）

このさくらんぼはたいへんおいしいです。
ko.no.sa.ku.ra.n.bo.wa.ta.i.he.n.o.i.shi.i.de.su
這個櫻桃非常好吃。

着てはみたが、似合わなかった。
き　　　　　　　　に　あ
ki.te.wa.mi.ta.ga, ni.a.wa.na.ka.t.ta
我有試穿看看，但是不適合。

理解してはもらえない。
り　かい
ri.ka.i.shi.te.wa.mo.ra.e.na.i
無法得到理解。

私は日本人ではありません。
わたし　　にほんじん
wa.ta.shi.wa.ni.ho.n.ji.n.de.wa.a.ri.ma.se.n
我不是日本人。

一応やってはみたが、開きませんでした。
いちおう　　　　　　　　　　　　　あ
i.chi.o.o.ya.t.te.wa.mi.ta.ga, a.ki.ma.se.n.de.shi.ta
我姑且試過了，還是打不開。

亀は寿命が長い。
ka.me.wa.ju.myo.o.ga.na.ga.i
烏龜的壽命很長。

副
助
詞
は

猫は昼寝が大好きだ。
ne.ko.wa.hi.ru.ne.ga.da.i.su.ki.da
貓咪最喜歡睡午覺。

私はテレビが見たいです。
wa.ta.shi.wa.te.re.bi.ga.mi.ta.i.de.su
我想看電視。

今日は気温が低い。
kyo.o.wa.ki.o.n.ga.hi.ku.i
今天的氣溫很低。

あの川は水がきれいです。
a.no.ka.wa.wa.mi.zu.ga.ki.re.i.de.su
那條河川的水很乾淨。

彼女は手先が器用だ。
ka.no.jo.wa.te.sa.ki.ga.ki.yo.o.da
她的手很巧。

Mo

🔊12

副・助・詞

主要表示「也」、「連…也…」
的意思。

文法
充電

名詞 ・ 形式名詞 ＋ も

動詞 ・ 形容詞 ・ 形容動詞 連用形 ＋ も

副詞 ・ 接續詞 ・ 助詞 ＋ も

副助詞も

「也」、「～也…～也…」的意思。

わたし い
私も行きます。
wa.ta.shi.mo.i.ki.ma.su ・やおや：蔬菜店
我也要去。

さ あ
あなたへも差し上げます。
a.na.ta.e.mo.sa.shi.a.ge.ma.su
也送給你。

ほん や た よ
本屋にも立ち寄った。
ho.n.ya.ni.mo.ta.chi.yo.t.ta
順便也去了書店。

79

みかんも柿もあります。
mi.ka.n.mo.ka.ki.mo.a.ri.ma.su
有橘子也有柿子。

私は新聞も雑誌も読まない。
wa.ta.shi.wa.shi.n.bu.n.mo.za.s.shi.mo.yo.ma.na.i
我不看報紙也不看雜誌。

My name is Cokoala. ペラペラ

我叫 可可阿拉.

私の名前は ココアラです。

・ペラペラ：說得很流利

英語も日本語も中国語も話せる。
e.i.go.mo.ni.ho.n.go.mo.chu.u.go.ku.go.mo.ha.na.se.ru
我會說英語和日語還有中文。

<ruby>見<rt>み</rt></ruby><ruby>向<rt>む</rt></ruby>きもされない。
mi.mu.ki.mo.sa.re.na.i
連看也不看一眼。

<ruby>聞<rt>き</rt></ruby>いたこともありません。
ki.i.ta.ko.to.mo.a.ri.ma.se.n
連聽也沒有聽說過。

<ruby>家<rt>うち</rt></ruby>には<ruby>誰<rt>だれ</rt></ruby>もいない。
u.chi.ni.wa.da.re.mo.i.na.i
家裡連一個人也沒有。

<ruby>箱<rt>はこ</rt></ruby>の<ruby>中<rt>なか</rt></ruby>には<ruby>何<rt>なに</rt></ruby>もなかった。
ha.ko.no.na.ka.ni.wa.na.ni.mo.na.ka.t.ta
箱子裡面什麼也沒有。

 副・助詞

Koso

こそ

 13

表示加強語氣，「正是」、「就是」、「才是」的意思。

文法充電

名詞 ＋ こそ

副詞・助詞 ＋ こそ

動詞連用形て ＋ こそ

動詞・形容詞・形容動詞・助動詞 終止形 ＋ から ＋ こそ

しっぱい せいちょう
失敗してこそ成長できる。
shi.p.pa.i.shi.te.ko.so.se.i.cho.o.de.ki.ru
正因為失敗才會成長。

わたし しつれい
私こそ失礼しました。
wa.ta.shi.ko.so.shi.tsu.re.i.shi.ma.shi.ta
我才失禮了。

あなたがいたからこそ、うまくいったのです。
a.na.ta.ga.i.ta.ka.ra.ko.so、u.ma.ku.i.t.ta.no.de.su
正因為有你在，才能順利進行。

さえ

Sae

14

舉一個例子，再類推其他，「就連…都…」、「甚至」、「只要…，就…」的意思。

文法充電　名詞 ＋ さえ
　　　　　各種助詞 ＋ さえ

寝る暇さえありません。
ne.ru.hi.ma.sa.e.a.ri.ma.se.n
連睡覺的時間都沒有。

パン一つさえ買えなかった。
pa.n.hi.to.tsu.sa.e.ka.e.na.ka.t.ta
連一個麵包都買不起。

車どころか、自転車さえ持っていません。
ku.ru.ma.do.ko.ro.ka、ji.te.n.sha.sa.e.mo.t.te.i.ma.se.n
別說是汽車了，我連腳踏車都沒有。

犬や猫でさえちゃんと子育てをする。

i.nu.ya.ne.ko.de.sa.e.cha.n.to.ko.so.da.te.o.su.ru

就連貓狗也會好好地養育小孩。

こんなことさえわからないのですか？

ko.n.na.ko.to.sa.e.wa.ka.ra.na.i.no.de.su.ka

連這種事也不知道嗎？

その難問は先生にさえ解けなかった。

so.no.na.n.mo.n.wa.se.n.se.i.ni.sa.e.to.ke.na.ka.t.ta

這個問題連老師也解不出來。

ここさえ過^すぎれば、後^{あと}は楽^{らく}です。

ko.ko.sa.e.su.gi.re.ba、a.to.wa.ra.ku.de.su

只要過了這裡，之後就輕鬆了。

愛^{あい}さえあれば、他^{ほか}に何^{なに}もいりません。

a.i.sa.e.a.re.ba、ho.ka.ni.na.ni.mo.i.ri.ma.se.n

只要有愛的話，其他就什麼都不需要。

あなたさえ許^{ゆる}せば、ふたりは結婚^{けっこん}できるのです。

a.na.ta.sa.e.yu.ru.se.ba、fu.ta.ri.wa.ke.k.ko.n.de.ki.ru.no.de.su

只要你允許的話，他們倆個就可以結婚了。

副助詞 さえ

Demo

15

副・助・詞 でも

表示概略及簡單的舉例。

文法充電　名詞 + でも
　　　　　副詞・助詞 + でも

從大致的範圍和類別中舉出一例，
「…之類的也好」的意思。

お茶でも飲みませんか？
o.cha.de.mo.no.mi.ma.se.n.ka
要不要喝杯茶（之類的）呢？

暇なので本でも読もう。
hi.ma.na.no.de.ho.n.de.mo.yo.mo.o
反正也是閒著就來看個書（之類的）吧！

将来は公務員か会社員にでもなれればいい。
sho.o.ra.i.wa.ko.o.mu.i.n.ka.ka.i.sha.i.n.ni.de.mo.na.re.re.ba.i.i
將來若能當公務員或上班族(之類的)就好了。

舉出簡單的例子再讓人類推，「連…也」、「哪怕…也」的意思。

それくらいの事は子供にでもできる。
so.re.ku.ra.i.no.ko.to.wa.ko.do.mo.ni.de.mo.de.ki.ru
那種事就連小孩子也會。

牛乳だけでも飲みなさい。
gyu.u.nyu.u.da.ke.de.mo.no.mi.na.sa.i
至少喝杯牛奶。

5分でもいいから休みたい。
gu.fu.n.de.mo.i.i.ka.ra.ya.su.mi.ta.i
就算只有5分鐘也好，我想要休息一下。

しか
副・助詞
Shika

🔊 16

表示「只有…」的意思，後面一定接否定詞，「しか…ない」是定型說法。

文法充電

名詞 ・ 形式名詞 + しか + 否定詞

副詞 ・ 助詞 + しか + 否定詞

動詞 ・ 助動詞 連體形 ・ 形容詞 ・ 形容動詞 連用形 + しか + 否定詞

ふたりしか来なかった。
fu.ta.ri.shi.ka.ko.na.ka.t.ta
只有2個人來。

・みんな来てね！：大家要來喔！

お金は少ししか持っていない。
o.ka.ne.wa.su.ko.shi.shi.ka.mo.t.te.i.na.i
我只有帶一點點的錢。

私にはあなたしか見えません。
wa.ta.shi.ni.wa.a.na.ta.shi.ka.mi.e.ma.se.n
我的眼中只有你一個人。

ここでしか見ることができません。

ko.ko.de.shi.ka.mi.ru.ko.to.ga.de.ki.ma.se.n

只有在這裡才看得到。

副助詞 しか

これはもう捨てるしかない。

ko.re.wa.mo.o.su.te.ru.shi.ka.na.i

這個只能丟掉了。

今日はあきらめるしかない。

kyo.o.wa.a.ki.ra.me.ru.shi.ka.na.i

看來今天只好放棄了。

89

Datte

副・助・詞

だって

🔊 17

表示「連…也…」、「無論…都…」
的意思。

文法充電

名詞 ＋ だって

副詞 ・ 助詞 ＋ だって

疑問詞 ＋ だって

「連…也…」、「哪怕…也」、「即使…也」、
「甚至…也」的意思。

そのうわさは誰だって知っている。
so.no.u.wa.sa.wa.da.re.da.t.te.shi.t.te.i.ru
那個傳言無論誰都知道。

この事は親にだって秘密です。
ko.no.ko.to.wa.o.ya.ni.da.t.te.hi.mi.tsu.de.su
這件事甚至連父母都不知道。

僕<ruby>僕<rt>ぼく</rt></ruby>だって英語<ruby>英語<rt>えいご</rt></ruby>くらいは読<ruby>読<rt>よ</rt></ruby>める。

bo.ku.da.t.te.e.i.go.ku.ra.i.wa.yo.me.ru

就連我也會唸英文。

日曜<ruby>日曜<rt>にちよう</rt></ruby>だって休<ruby>休<rt>やす</rt></ruby>みません。

ni.chi.yo.o.da.t.te.ya.su.mi.ma.se.n

就連星期天也不休息。

10円<ruby>10円<rt>じゅうえん</rt></ruby>だってもったいない。

ju.u.e.n.da.t.te.mo.t.ta.i.na.i

就連10圓也不浪費。

私<ruby>私<rt>わたし</rt></ruby>だっていやです。

wa.ta.shi.da.t.te.i.ya.de.su

就連我也不願意。

副助詞 だって

全面肯定或否定。「無論…都…」、
「無論…都…不」的意思。

何色だって構いません。
na.ni.i.ro.da.t.te.ka.ma.i.ma.se.n
無論什麼顏色都可以。

あなたのためなら何だってします。
a.na.ta.no.ta.me.na.ra.na.n.da.t.te.shi.ma.su
如果是為了你，無論什麼我都願意去做。

誰だって同じです。
da.re.da.t.te.o.na.ji.de.su
無論是誰都一樣。

彼はいつだって家にいません。
ka.re.wa.i.tsu.da.t.te.i.e.ni.i.ma.se.n
他無論什麼時候都不在家。

Nari

 18

副・助・詞
なり

表示概略舉例、抉擇、保持原樣、
立即的反應…等意思。

文法
充電

名詞 ＋ なり
助詞 ＋ なり
動詞終止形 ＋ なり

副助詞 なり

概略舉出一例，「什麼…都好…」的意思。

道に迷ったら、おまわりさんになり尋ねるといい。
mi.chi.ni.ma.yo.t.ta.ra、o.ma.wa.ri.sa.n.ni.na.ri.ta.zu.ne.ru.to.i.i
如果迷了路，就向警察或其他人也好問個路。

どこへなりお座りください。
do.ko.e.na.ri.o.su.wa.ri.ku.da.sa.i
請隨意坐。

何なりと質問してください。
na.n.na.ri.to.shi.tsu.mo.n.shi.te.ku.da.sa.i
什麼問題都好，請發問。

（到底要買還是不買呢…）

買おうかな……

買（か）うなり買（か）わないなり、早（はや）く決（き）めなさい。
ka.u.na.ri.ka.wa.na.i.na.ri、ha.ya.ku.ki.me.na.sa.i
請快點決定要買或不買。

親（おや）なり友達（ともだち）なり、誰（だれ）かに相談（そうだん）しなさい。
o.ya.na.ri.to.mo.da.chi.na.ri、da.re.ka.ni.so.o.da.n.shi.na.sa.i
請跟父母或朋友還是誰商量一下。

咳〜咳〜

ゴホゴホ

風邪気味（かぜぎみ）なら、家（いえ）で休（やす）むなり病院（びょういん）へ行（い）くなりした方（ほう）がいいです。
ka.ze.gi.mi.na.ra、i.e.de.ya.su.mu.na.ri.byo.o.i.n.e.i.ku.na.ri.shi.ta.ho.o.ga.i.i.de.su
如果有點感冒的話，最好在家休息或是去醫院一下比較好。

<ruby>小鳥<rt>こ と り</rt></ruby>はかごから<ruby>逃<rt>に</rt></ruby>げるなり、<ruby>戻<rt>もど</rt></ruby>ってこなかった。
ko.to.ri.wa.ka.go.ka.ra.ni.ge.ru.na.ri、mo.do.t.te.ko.na.ka.t.ta
小鳥一從鳥籠飛走後，就沒有回來了。

<ruby>彼<rt>かれ</rt></ruby>はそう<ruby>言<rt>い</rt></ruby>うなり、<ruby>黙<rt>だま</rt></ruby>ってしまった。
ka.re.wa.so.o.i.u.na.ri、da.ma.t.te.shi.ma.t.ta
他一這麼說之後，就沉默了下來。

リスは<ruby>丸<rt>まる</rt></ruby>くなるなり、<ruby>冬眠<rt>とうみん</rt></ruby>に<ruby>入<rt>はい</rt></ruby>った。
ri.su.wa.ma.ru.ku.na.ru.na.ri、to.o.mi.n.ni.ha.i.t.ta
松鼠將身體蜷曲成圓形之後就進入冬眠了。

ドアを<ruby>閉<rt>し</rt></ruby>めるなり、<ruby>出<rt>で</rt></ruby>てこようとしない。
do.a.o.shi.me.ru.na.ri、de.te.ko.yo.o.to.shi.na.i
（他）一把門關上之後，就不出來了。

某動作剛結束，立即產生下一個動作，「一…就…」的意思。

横になるなり、眠りに落ちた。
yo.ko.ni.na.ru.na.ri、ne.mu.ri.ni.o.chi.ta
一躺下去之後，就睡著了。

一口食べるなり、吐き出した。
hi.to.ku.chi.ta.be.ru.na.ri、ha.ki.da.shi.ta
吃一口之後就吐出來了。

5時になるなり、会社を出ました。
go.ji.ni.na.ru.na.ri、ka.i.sha.o.de.ma.shi.ta
一到5點就下班。

副・助・詞

まで

Made

◀19

表示終點、限度、超出預期的
狀況…等意思。

文法
充電

名詞 ＋ まで

動詞連體形 ＋ まで

副助詞まで

動作、時間、場所的終點,「到」、
「到…為止」的意思。

よるおそ べんきょう
夜遅くまで勉強する。
yo.ru.o.so.ku.ma.de.be.n.kyo.o.su.ru
唸書唸到很晚。

も
ここまで持ってきてください。
ko.ko.ma.de.mo.t.te.ki.te.ku.da.sa.i
請拿到這裡來。

ひとり さまさんてん
おー人様3点まで。
o.hi.to.ri.sa.ma.sa.n.te.n.ma.de
一個人限買3個。

えき はし
駅まで走った。
e.ki.ma.de.ha.shi.t.ta
跑到車站。

助詞
小點心

おそ とお ちか
表示時間、距離的形容詞連用形,例如:遅く、遠く、近
く…等,通常都能以名詞的形式來接續「に」、「へ」、
「から」、「まで」來表示與時間、距離的關係。

限度的範圍、極限,「只不過」、「只好」的意思。

ちょっと試してみたまでです。

cho.t.to.ta.me.shi.te.mi.ta.ma.de.de.su

我只有稍微試穿一下。

当然のことをしたまでです。

to.o.ze.n.no.ko.to.o.shi.ta.ma.de.de.su

我只不過做了我應做的事情而已。

後はうまくいくことを祈るまでです。

a.to.wa.u.ma.ku.i.ku.ko.to.o.i.no.ru.ma.de.de.su

接下來只好祈求可以順利完成。

「連…也」、「甚至到…」。

おとうさんまで付<ruby>付<rt>つ</rt></ruby>いて<ruby>来<rt>き</rt></ruby>た。

o.to.o.sa.n.ma.de.tsu.i.te.ki.ta

連爸爸也跟來了。

<ruby>寒<rt>さむ</rt></ruby>い<ruby>上<rt>うえ</rt></ruby>に<ruby>雪<rt>ゆき</rt></ruby>まで<ruby>降<rt>ふ</rt></ruby>り<ruby>出<rt>だ</rt></ruby>した。

sa.mu.i.u.e.ni.yu.ki.ma.de.fu.ri.da.shi.ta

冷到甚至都下雪了。

いらない<ruby>物<rt>もの</rt></ruby>まで<ruby>買<rt>か</rt></ruby>う。

i.ra.na.i.mo.no.ma.de.ka.u

連不需要的東西也買。

ご<ruby>馳走<rt>ちそう</rt></ruby>になって、その<ruby>上<rt>うえ</rt></ruby>お<ruby>土産<rt>みやげ</rt></ruby>までいただいた。

go.chi.so.o.ni.na.t.te、so.no.u.e.o.mi.ya.ge.ma.de.i.ta.da.i.ta

被請吃飯，還收到了禮物。

副・助・詞 ばかり

Bakari 🔊20

表示只有、大概的意思。

文法充電

名詞 ＋ ばかり

副詞 ・ 助詞 ＋ ばかり

動詞 ・ 形容詞 ・ 形容動詞 ・ 助動詞 連體形 ＋ ばかり

「只」、「只有」、「光是」。

パソコンばかりしている。
pa.so.ko.n.ba.ka.ri.shi.te.i.ru
光顧著打電腦。

Tシャツばかり着ている。
ti.i.sha.tsu.ba.ka.ri.ki.te.i.ru
只穿T恤。

声が大きいばかりで、歌は下手だ。
ko.e.ga.o.o.ki.i.ba.ka.ri.de、u.ta.wa.he.ta.da
光是聲音大，歌唱得不好聽。

毎日カレーばかりで飽きた。
ma.i.ni.chi.ka.re.e.ba.ka.ri.de.a.ki.ta
每天都吃咖哩，已經吃膩了。

「大概」、「大約」、「上下」、「左右」。

朝から3時間ばかり待っていた。
a.sa.ka.ra.sa.n.ji.ka.n.ba.ka.ri.ma.t.te.i.ta
從早上開始等了3個小時左右。

・遅刻癖：愛遲到

悪いところが少しばかりある。
wa.ru.i.to.ko.ro.ga.su.ko.shi.ba.ka.ri.a.ru
多少有些缺點。

起きたばかりでまだ眠い。
o.ki.ta.ba.ka.ri.de.ma.da.ne.mu.i
因為剛起床還很睏。

副助詞 ばかり

出発まであと10分ばかりです。
shu.p.pa.tsu.ma.de.a.to.ju.p.pu.n.ba.ka.ri.de.su
離出發還有10分鐘左右。

副・助・詞

だけ

Dake

🔊21

表示「只」、「只有」、「就只要…」的意思。

文法充電

名詞 + だけ

動詞 ・ 形容詞 ・ 形容動詞 ・ 助動詞 連體形 + だけ

副詞 ・ 助詞 + だけ

見(み)るだけならかまわない。
mi.ru.da.ke.na.ra.ka.ma.wa.na.i
只是看的話沒有關係。

ここだけ直(なお)してください。
ko.ko.da.ke.na.o.shi.te.ku.da.sa.i
只有這裡請改正過來。

この事(こと)はふたりだけの秘密(ひみつ)です。
ko.no.ko.to.wa.fu.ta.ri.da.ke.no.hi.mi.tsu.de.su
這件事是只有我們2個才知道的秘密。

助詞
小點心

* 「だけ」的用法和另一個副助詞「ばかり」(參P100)一樣，
  一般情況下可替換使用。

* だけ經常和できる重疊使用，構成慣用句「できるだけ」，
  為「盡量」的意思。

それだけ話せれば十分だ。
so.re.da.ke.ha.na.se.re.ba.ju.u.bu.n.da
只要能像這樣溝通就已經足夠了。

（我打算更加多多學習）

（日語真有趣呢！）

もっといろいろ勉強していくつもりです

日本語はとてもおもしろいですね

副助詞 だけ

欲しいだけ取りなさい。
ho.shi.i.da.ke.to.ri.na.sa.i
你需要多少就拿多少。

これだけあれば新車が買える。
ko.re.da.ke.a.re.ba.shi.n.sha.ga.ka.e.ru
只要有了這些就足夠買輛新車了。

あと30分だけ寝よう。
a.to.sa.n.ju.p.pu.n.da.ke.ne.yo.o
就再睡個30分鐘吧！

10リットルだけ入れてください。
ju.u.ri.t.to.ru.da.ke.i.re.te.ku.da.sa.i
只幫我加10公升就好了。

きり

Kiri

🔊22

表示限定範圍，「限於」、「只」、「之後…就沒」…等意思。

「限於」、「只」、「僅」的意思。

文法充電

名詞 ＋ きり

動詞連用形 ＋ きり

こんど はな
今度ふたりきりでお話ししたいです
ko.n.do.fu.ta.ri.ki.ri.de.o.ha.na.shi.shi.ta.i.de.su
下次我想倆個人單獨好好聊聊。

こども かんびょう
子供につき(っ)きりで看病する。
ko.do.mo.ni.tsu.ki.(k)ki.ri.de.ka.n.byo.o.su.ru
一直守在身邊照顧孩子。

「之後…就沒」、「之後…就別」的意思。

★後接否定形式（～きり…ない），說明前項動作結束後，所期待的後項動作並未發生的意思。

文法充電　動詞過去式 ＋ きり。

１日休んだきりで、あとは５年間一度も休んだことがない。
i.chi.ni.chi.ya.su.n.da.ki.ri.de、a.to.wa.go.ne.n.ka.ni.chi.do.mo.ya.su.n.da.ko.to.ga.na.i
只有休息一天，之後５年就再也沒有休息過了。

朝出て行ったきり、まだ帰ってこない。
a.sa.de.te.i.t.ta.ki.ri、ma.da.ka.e.t.te.ko.na.i
自從早上出去之後，還沒有回來。

会うのはこれきりにしましょう。
a.u.no.wa.ko.re.ki.ri.ni.shi.ma.sho.o
僅限這次，之後我們就不要再見面了。

ほど

副・助・詞

Hodo

表示「大約」、「像…」、「越發」…等意思。

文法充電　名詞 + ほど
動詞・形容詞・形容動詞 連體形 + ほど

「大概」、「大約」、「左右」、「上下」。

まだ 10 人ほど残っている。
ma.da.ju.u.ni.n.ho.do.no.ko.t.te.i.ru
還剩下 10 個人左右。

家は半分ほど出来上がった。
i.e.wa.ha.n.bu.n.ho.do.de.ki.a.ga.t.ta
房子完成了（蓋了）一半左右。

「像…」、「如…」。

（熊熊燃燒）

（熊熊燃燒）

今年ほど火事の多い年はない。
ko.to.shi.ho.do.ka.ji.no.o.o.i.to.shi.wa.na.i
從來沒有像今年火災這麼多。

けがは心配したほどのこともなかった。
ke.ga.wa.shi.n.pa.i.shi.ta.ho.do.no.ko.to.mo.na.ka.t.ta
傷勢沒有像我所擔心的那麼嚴重。

（呼…）

「越發」、「越…越…」。
★「ほど…なる…」「…ば…ほど」為慣用法。

考えれば考えるほどわからなくなります。
ka.n.ga.e.re.ba.ka.n.ga.e.ru.ho.do.wa.ka.ra.na.ku.na.ri.ma.su
越想越不懂。

見れば見るほど美しい。
mi.re.ba.mi.ru.ho.do.u.tsu.ku.shi.i
越看越漂亮。

（頭著嚼嚼）

かめばかむほど味が出る。
ka.me.ba.ka.mu.ho.do.a.ji.ga.de.ru
越嚼越香。

（囉囉嗦嗦）

年を(取れば)取るほど話がくどくなる。
to.shi.o.(to.re.ba)to.ru.ho.do.ha.na.shi.ga.ku.do.ku.na.ru
越老越嘮叨。

Kurai

24

表示「大約」、「如同…」、「連…」
…等意思。

文法
充電

名詞 + くらい

動詞・形容詞・形容動詞・助動詞 連體形 + くらい

「大概」、「大約」、「上下」、「一點點…」。

副助詞くらい

1泊1万円くらいの部屋はありますか？
i.p.pa.ku.i.chi.ma.ne.n.ku.ra.i.no.he.ya.wa.a.ri.ma.su.ka
有住一晚1萬日圓左右的房間嗎？

これくらい持てます。
ko.re.ku.ra.i.mo.te.ma.su
這一點點東西，我搬得動。

少しくらい痛いが、がまんしなさい。
su.ko.shi.ku.ra.i.i.ta.i.ga、 ga.ma.n.shi.na.sa.i
一點點小痛請忍耐一下。

「像…」、「如同…」、「連…」、「起碼…」。

この会社に彼くらい仕事ができる人はいない。

ko.no.ka.i.sha.ni.ka.re.ku.ra.i.shi.go.to.ga.de.ki.ru.hi.to.wa.i.na.i

在這間公司裡，沒有像他那樣工作能力強的人。

若い女性でも買えるくらい安い。

wa.ka.i.jo.se.i.de.mo.ka.e.ru.ku.ra.i.ya.su.i

便宜的價格，就連年輕女性也買得起。

助詞
小點心

＊「くらい」也等於「ぐらい」，兩者意思、用法相同。

＊ 在表示大概的數量或程度上，「くらい」的用法和「ほど」(參考P.106)相同，一般都可互換。

副・助・詞 など

Nado

25

表示「…之類」、「那種的…」、
「…等」的意思。

副助詞 など

文法
充電

名詞 + など

動詞・助動詞 連體形 + など

「…之類」、「或什麼的…」。

（果汁）（茶）（便當）（三明治）（中華肉包）（土產）

ジュースなどを売っている。
ju.u.su.na.do.o.u.t.te.i.ru
有賣果汁之類的。

宿題などで忙しい。
shu.ku.da.i.na.do.de.i.so.ga.shi.i
因為作業什麼的很忙。

趣味はドライブなどです。
shu.mi.wa.do.ra.i.bu.na.do.de.su
興趣是兜風之類的。

「…等」。

鯛やヒラメなどたくさん釣れた。
ta.i.ya.hi.ra.me.na.do.ta.ku.sa.n.tsu.re.ta
我釣到了鯛魚、比目魚…等。

• 大漁：漁獲豐收

ニンジンやタマネギなどが入っています。
ni.n.ji.n.ya.ta.ma.ne.gi.na.do.ga.ha.i.t.te.i.ma.su
裡面放了紅蘿蔔啦洋蔥…等。

日本語や英語などの外国語。
ni.ho.n.go.ya.e.i.go.na.do.no.ga.i.ko.u.go
日文啦英文…等的外文（外國語言）。

「那樣的…」、「那種的…」。
★ 表示意外、不滿、不愉快，有時表示謙遜或輕視的意思。

人の悪口など言ってはいけません。
hi.to.no.wa.ru.ku.chi.na.do.i.t.te.wa.i.ke.ma.se.n
不可以說別人的壞話之類的。

不満などありません。
fu.ma.n.na.do.a.ri.ma.se.n
我並沒有什麼不滿的。

こんな高い物など買えません。
ko.n.na.ta.ka.i.mo.no.na.do.ka.e.ma.se.n
（我）買不起像這麼貴的東西。

二度と浮気などしません。
ni.do.to.u.wa.ki.na.do.shi.ma.se.n
我不會再花心了。

私の日本語などまだまだです。
wa.ta.shi.no.ni.ho.n.go.na.do.ma.da.ma.da.de.su
我的日文等等還需要再努力。

Yara

副・助・詞

やら

表示不確定、並列的意思。

🔊26

文法充電 名詞 ・ 疑問詞 ＋ やら

動詞 ・ 形容詞 ・ 形容動詞 ・ 助動詞 連體形 ＋ やら

表示不確定，「不知…」、「好像…」。

いつできるのやら、見当もつかない。
けんとう
i.tsu.de.ki.ru.no.ya.ra、ke.n.to.o.mo.tsu.ka.na.i
什麼時候能夠完成，我也無法估計。

木陰に誰やら立っている。
こかげ　だれ　た
ko.ka.ge.ni.da.re.ya.ra.ta.t.te.i.ru
在樹蔭底下好像站著個人。

袋の中に何やら入っている。
ふくろ　なか　なに　はい
fu.ku.ro.no.na.ka.ni.na.ni.ya.ra.ha.i.t.te.i.ru
袋子裡好像有放了什麼東西。

あそこに何やら人が集まっている。
なに　ひと　あつ
a.so.ko.ni.na.ni.ya.ra.hi.to.ga.a.tsu.ma.t.te.i.ru
那裡好像有什麼東西，聚集了一些人潮。

助詞
小點心
這裡表示不確定的「やら」與另一個副助詞「か」
（參考P.116）用法相同。

114

表示並列，「…啦…啦」、「…和…」。

長_{なが}いのやら短_{みじか}いのやら、いろいろある。

na.ga.i.no.ya.ra.mi.ji.ka.i.no.ya.ra、i.ro.i.ro.a.ru

有長的、也有短的，種類很多。

暑_{あつ}いやら重_{おも}いやらで、大変_{たいへん}だった。

a.tsu.i.ya.ra.o.mo.i.ya.ra.de、ta.i.he.n.da.t.ta

天氣又熱、東西又重，真是辛苦。

（沈甸甸地）

本_{ほん}やらノートやら、たくさん買_かった。

ho.n.ya.ra.no.o.to.ya.ra、ta.ku.sa.n.ka.t.ta

書啦、筆記本啦，買了很多。

副助詞 やら

Ka

副・助・詞 か

表示不太肯定的語氣、選擇或
懷疑、推測…等意思。

文法充電
名詞 + か
動詞・形容詞・助動詞 終止形 + か
形容動詞語幹 + か

表示不太肯定的語氣,多接在疑問詞後,
「不知…」、「好像…」的意思。

何か飲みますか?
na.ni.ka.no.mi.ma.su.ka
要不要喝些什麼啊?

誰か呼んでいる。
da.re.ka.yo.n.de.i.ru
好像有人在叫我。

今何を隠したか見せなさい。
i.ma.na.ni.o.ka.ku.shi.ta.ka.mi.se.na.sa.i
給我看你藏了什麼。

表示選擇，「不是…就是…」、「還是」、「或者」的意思。

みかんか梨を買ってきてください。

なし　か

mi.ka.n.ka.na.shi.o.ka.t.te.ki.te.ku.da.sa.i

請買橘子或梨子回來。

私か妹が行きます。

わたし　いもうと　い

wa.ta.shi.ka.i.mo.o.to.ga.i.ki.ma.su

我或者是妹妹會去。

行くか行かないかを決めてください。

い　　　　い　　　　　　き

i.ku.ka.i.ka.na.i.ka.o.ki.me.te.ku.da.sa.i

請快點決定要不要去。

表示懷疑、推測。「可能」、「是不是…」、「或許因為…」的意思。

気のせいか、顔色が悪いですね。
ki.no.se.i.ka、ka.o.i.ro.ga.wa.ru.i.de.su.ne
可能是我想太多了（心理作用），
臉色不太好看呢！

約束でもあるのか、彼は急いで帰った。
ya.ku.so.ku.de.mo.a.ru.no.ka、ka.re.wa.i.so.i.de.ka.e.t.ta
不曉得是不是跟人有約，他急忙地回去了。

けんかでもしたのか、ふたりは口を利かない。
ke.n.ka.de.mo.shi.ta.no.ka、fu.ta.ri.wa.ku.chi.o.ki.ka.na.i
不曉得是不是吵架了，倆個人都不說話。

助詞
小點心

「か」若放在句末時，為「終助詞」，表示疑問、反問或
自問自答的感嘆（參考P.164）。

memo

Coffee Break
下午茶時間到了！

來到日本的咖啡廳，光喝杯香醇的咖啡似乎不夠過癮，櫥窗和菜單上琳瑯滿目、多采多姿的輕食、甜點與下午茶套餐，正在向你招手呢！

★ 輕食 Menu

sandwich
サンドイッチ
sa.n.do.i.c.chi
三明治

French toast
フレンチトースト
fu.re.n.chi.to.o.su.to
法式吐司

hot dog
ホットドッグ
ho.t.to.do.g.gu
熱狗

bagel
ベーグル
be.e.gu.ru
培果

salad
サラダ
sa.ra.da
沙拉

★ 甜點 Menu

法 **chou à la crème**
シュークリーム
shu.u.ku.ri.i.mu
泡芙

pudding
プリン
pu.ri.n
布丁

義 **tiramisu**
ティラミス
ti.ra.mi.su
提拉米蘇

short cake
イチゴのショートケーキ
i.chi.go.no.sho.o.to.ke.e.ki
草莓蛋糕

cheese cake
チーズケーキ
chi.i.zu.ke.e.ki
起司蛋糕

法 mont - blanc
モンブラン
mo.n.bu.ra.n
蒙布朗（栗子蛋糕）

法 chiffon cake
シフォンケーキ
shi.fo.n.ke.e.ki
戚風蛋糕

法 mille - feuille
ミルフィーユ
mi.ru.fi.i.yu
千層派

muffin
マフィン
ma.fi.n
馬芬

roll cake
ロールケーキ
ro.o.ru.ke.e.ki
瑞士捲

scone
スコーン
su.ko.o.n
司康

法 crêpe
クレープ
ku.re.e.pu
可麗餅

jelly
ゼリー
ze.ri.i
果凍

法 soufflé
スフレ
su.fu.re
舒芙蕾

waffle
ワッフル
wa.f.fu.ru
鬆餅

pumpkin pie
パンプキンパイ
pa.n.pu.ki.n.pa.i
南瓜派

mousse
ムース
mu.u.su
慕斯

blueberry tart
ブルーベリーのタルト
bu.ru.u.be.ri.i.no.ta.ru.to
藍莓塔

cup cake
カップケーキ
ka.p.pu.ke.e.ki
杯子蛋糕

doughnut
ドーナツ
do.o.na.tsu
甜甜圈

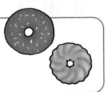

cookie
クッキー
ku.k.ki.i
餅乾

chocolate
チョコレート
cho.ko.re.e.to
巧克力

ice cream
アイスクリーム
a.i.su.ku.ri.i.mu
冰淇淋

このクッキー
おいしそう！

（這餅乾看起來好好吃）

121

ちゃ
ウーロン茶
u.u.ro.n.cha
烏龍茶

ちゃ
ほうじ茶
ho.o.ji.cha
焙茶

げんまいちゃ
玄米茶
ge.n.ma.i.cha
玄米茶

Earl Grey
アールグレイ
a.a.ru.gu.re.i
伯爵茶

こうちゃ
紅茶
ko.o.cha
紅茶

darjeeling　tea
ダージリンティー
da.a.ji.ri.n.ti.i
大吉嶺紅茶

jasmine tea
ジャスミンティー
ja.su.mi.n.ti.i
茉莉花茶

herb tea
ハーフティー
ha.a.fu.ti.i
香草茶

★ 甜點必學食感句

ふわふわ！
fu.wa.fu.wa
鬆鬆軟軟！

さくさく！
sa.ku.sa.ku
酥酥脆脆！

とろける！
to.ro.ke.ru
入口即化！

なめらかー！
na.me.ra.ka.a
好滑嫩啊！

しあわ
幸せ～
shi.a.wa.se
好幸福啊！

にお
いい匂い！
i.i.ni.o.i
好香啊！

ぜいたく
贅沢！
ze.i.ta.ku
太奢侈了！

3.
接續助詞
Café

「接續助詞」在句與句之間，有承先啟後的作用，

表示因果、並列…等關係。

●接續助詞成員●

| ば | と | ても | けれど | が | のに |

| ので | から | し | て | ながら | たり |

Ba

🔊28

接・續・助・詞 ば

表示假設條件、事物的真理或常態
行為、確定條件及並列…等意思。

表示假設條件,「如果…就…」的意思。

文法充電 動詞 ・ 形容詞 ・ 形容動詞 ・ 助動詞 假定形 + ば

ここへ来ればみんなに会える。

ko.ko.e.ku.re.ba.mi.n.na.ni.a.e.ru

如果來這裡的話,就可以見到大家。

（好久不見）

（你們好!）

（最近好嗎?）

元気だった？

（啊!）やあ！

あ、来た来た♪（來啊、來啊）

午後雨が降れば、どこへも出掛けません。

go.go.a.me.ga.fu.re.ba、do.ko.e.mo.de.ka.ke.ma.se.n

下午如果下雨,我就哪裡也不去。

124

寒ければコートを着なさい。
sa.mu.ke.re.ba.ko.o.to.o.ki.na.sa.i
如果會冷的話，就把大衣穿上。

明日になれば晴れるだろう。
a.shi.ta.ni.na.re.ba.ha.re.ru.da.ro.o
或許明天就會放晴吧！

接續助詞ば

どう行けばいいですか？
do.o.i.ke.ba.i.i.de.su.ka
我該怎麼去才好呢？

行きたければ連れて行ってあげよう。
i.ki.ta.ke.re.ba.tsu.re.te.i.t.te.a.ge.yo.o
如果你想去的話，我就帶你去吧！

125

說明事物的真理及常態行為,「一⋯,就⋯」的意思。

文法充電　動詞・形容詞・形容動詞・助動詞 假定形 + ば

秋が来れば木の葉が落ちる。
a.ki.ga.ku.re.ba.ko.no.ha.ga.o.chi.ru
秋天一到,樹葉就會掉落。

風が吹けば波が立つ。
ka.ze.ga.fu.ke.ba.na.mi.ga.ta.tsu
風一吹就起浪。

うわさをすれば影が差す。
u.wa.sa.o.su.re.ba.ka.ge.ga.sa.su
才說人就到。

あの
オバさんってさ…

(那個
歐巴桑啊⋯)

住めば都。
su.me.ba.mi.ya.ko
久居則安。

表示確定條件，「（既然）…的話，…也就…」的意思。

文法充電　動詞・形容詞・形容動詞・助動詞 假定形 ＋ ば

あの角_{かど}を右_{みぎ}へ曲_まがれば、そのホテルがあります。

a.no.ka.do.o.mi.gi.e.ma.ga.re.ba、so.no.ho.te.ru.ga.a.ri.ma.su

那個轉角往右轉的話，就可以看到那間旅館了。

この本_{ほん}を読_よめば、日本語_{にほんご}がよくわかりますよ。

ko.no.ho.n.o.yo.me.ba、ni.ho.n.go.ga.yo.ku.wa.ka.ri.ma.su.yo

看這本書的話，就可以了解日文哦！

（前幾天和學日語的同學們一起去秋葉原，然後去女僕咖啡店…）

日本語_{にほんご}がこんなに上手_{じょうず}ならば、先生_{せんせい}になれます。

ni.ho.n.go.ga.ko.n.na.ni.jo.o.zu.na.ra.ba、se.n.se.i.ni.na.re.ma.su

如果日語這麼厲害，就可以當老師。

表示例舉兩項事物並列，「～也，…也」的意思。

文法充電 動詞 ‧ 形容詞 ‧ 形容動詞 ‧ 助動詞 假定形 + ば

ここは気候(きこう)も良(よ)ければ景色(けしき)も良(よ)いです。
ko.ko.wa.ki.ko.o.mo.yo.ke.re.ba.ke.shi.ki.mo.yo.i.de.su
這裡氣候又好景色又美。

彼(かれ)は勉強(べんきょう)もできれば運動(うんどう)もできる。
ka.re.wa.be.n.kyo.o.mo.de.ki.re.ba.u.n.do.o.mo.de.ki.ru
他既會唸書，體育又好。

あのビルにはブティックもあればレストランもある。
a.no.bi.ru.ni.wa.bu.ti.k.ku.mo.a.re.ba.re.su.to.ra.n.mo.a.ru
那棟大樓既有服飾店也有餐廳。

接・續・助・詞

と

To

表示「只要…就會…」、「無論…」、「不管…」…等意思。

表示前項情況出現，就會產生某種後果，「只要…就會…」的意思。

文法充電　動詞終止形 ＋ と
　　　　　助動詞終止形 ＋ と

接續助詞と

パンダに会えるとうれしい。
pa.n.da.ni.a.e.ru.to.u.re.shi.i
一看到熊貓，就會很高興。

早く行かないと遅刻する。
ha.ya.ku.i.ka.na.i.to.chi.ko.ku.su.ru
再不快點去的話，就會遲到。

（叮噹叮～〔鐘聲〕）

助詞小點心　接續助詞「と」、「ば」無論在用法或意思上都很相近，有時還可替換使用，不過「と」多用於敘述客觀事實，「ば」則多用於表達主觀意識。（參考P.124）

春が来ると花が咲く。
ha.ru.ga.ku.ru.to.ha.na.ga.sa.ku
春天一到，花朵就會綻放。

梅雨時になると洗濯物が乾かない。
tsu.yu.do.ki.ni.na.ru.to.se.n.ta.ku.mo.no.ga.ka.wa.ka.na.i
一到梅雨季節，衣服就不容易乾。

おばさんが家に来ると、にぎやかになる。
o.ba.sa.n.ga.u.chi.ni.ku.ru.to、ni.gi.ya.ka.ni.na.ru
只要阿姨一來家裡，就會變得很熱鬧。

（其實我是
外星人。）

じつは私、
宇宙人なんです

（什麼！？）

そのことを私が話し出すと、みんなびっくりした。
so.no.ko.to.o.wa.ta.shi.ga.ha.na.shi.da.su.to、mi.n.na.bi.k.ku.ri.shi.ta
我一說那件事，大家就嚇了一跳。

勉強が終わると、すぐ寝てしまった。
be.n.kyo.o.ga.o.wa.ru.to、su.gu.ne.te.shi.ma.t.ta
一唸完書，就馬上睡覺。

・とりだし口：取出口・おつり：找零

1000円札を入れると、おつりが８５０円出てきます。
se.n.e.n.sa.tsu.o.i.re.ru.to、o.tsu.ri.ga.ha.p.pya.ku.go.ju.u.e.n.de.te.ki.ma.su
將1000圓的紙鈔一放進去，就會自動找出850圓零錢。

假設某一情況放任不管,「無論…」、
「不管…」的意思。

行こうと行くまいと私の勝手だ。
i.ko.o.to.i.ku.ma.i.to.wa.ta.shi.no.ka.t.te.da
無論要不要去都是我的自由。

何を着ようと私の自由だ。
na.ni.o.ki.yo.o.to.wa.ta.shi.no.ji.yu.u.da
不管穿什麼是我的自由。

何を言われようと、私は平気です。
na.ni.o.i.wa.re.yo.o.to、wa.ta.shi.wa.he.i.ki.de.su
無論被說什麼,我也不在乎。

(品味真差…)　　　　(竊竊私語)

ヒソ　ヒソ

趣味　　すごく
悪い…　ハデ…

フンッ　　　　　(超花的…)
(哼)　　　ひぇ…

Temo

ても

30

表示「即使…也…」、「雖然…但…」、
「無論…還是…」的意思。

文法充電
動詞・助動詞・形容詞 連用形 + ても
形容動詞語幹 + でも
名詞 + でも

いまごろこうかい おそ
今頃後悔しても遅い。
i.ma.go.ro.ko.o.ka.i.shi.te.mo.o.so.i
事到如今即使後悔也太遲了。

しごと
仕事がつらくてもがまんしよう。
shi.go.to.ga.tsu.ra.ku.te.mo.ga.ma.n.shi.yo.o
即使工作辛苦，也要忍耐下去。

た ふと
いくら食べても太らない。
i.ku.ra.ta.be.te.mo.fu.to.ra.na.i
儘管怎麼吃也不會胖。

ひと とし と
どんな人でも年を取る。
do.n.na.hi.to.de.mo.to.shi.o.to.ru
無論是誰都會變老。

**助詞
小點心**

「ても」接在な行、ま行、が行、ば行等1類動詞
（5段動詞）後時，要改成「でも」。

し し
例如：死ぬ→死んでも 泳ぐ→泳いでも

よ あそ あそ
読む→読んでも 遊ぶ→遊んでも

家の中は暖かくても、外は寒い

i.e.no.na.ka.wa.a.ta.ta.ka.ku.te.mo、so.to.wa.sa.mu.i

雖然家裡很溫暖但外面很冷。

（冷颼颼）

どんなに考えてもわかりません。

do.n.na.ni.ka.n.ga.e.te.mo.wa.ka.ri.ma.se.n

無論怎麼想還是不懂。

いくら数えても足りない。

i.ku.ra.ka.zo.e.te.mo.ta.ri.na.i

無論怎麼數還是不夠。

そんなに急がなくても、間に合います。

so.n.na.ni.i.so.ga.na.ku.te.mo、ma.ni.a.i.ma.su

即使不用那麼趕，還是來得及。

（前100名，每一包88日圓）

やめようと思っても、なかなかやめられない。

ya.me.yo.o.to.o.mo.t.te.mo、na.ka.na.ka.ya.me.ra.re.na.i

雖然想要戒掉，但很難戒。

文法充電　動詞・形容詞・形容動詞 終止形 ＋ けれど

助動詞終止形 ＋ けれど

表示兩個相反或對比的事實。「雖然…可是…」的意思。

期待（き たい）したけれど、つまらなかった。
ki.ta.i.shi.ta.ke.re.do、tsu.ma.ra.na.ka.t.ta
雖然很期待，但是很無趣。

お金持（かね も）ちだけれど、けちだ。
o.ka.ne.mo.chi.da.ke.re.do、ke.chi.da
雖然是有錢人，但很小氣。

つまらない物（もの）ですけれど、お納（おさ）めください。
tsu.ma.ra.na.i.mo.no.de.su.ke.re.do、o.o.sa.me.ku.da.sa.i
雖然是一點小小心意，但請您收下。

昨日は負けたけれど、今日は勝った。
ki.no.o.wa.ma.ke.ta.ke.re.do、kyo.o.wa.ka.t.ta
雖然昨天輸了，但是今天贏了。

兄は優等生だけれど、弟は不良だ。
a.ni.wa.yu.u.to.o.se.i.da.ke.re.do、o.to.o.to.wa.fu.ryo.o.da
雖然哥哥是優等生，但弟弟是不良少年。

助詞
小點心

「けれど」也可說成けれども、けど、けども，一般女性或較鄭重的場合多用けれども，一般談話則用けれど、けど、けども。

陳述事實後，單純接續想繼續補充
的話題，一般不翻譯出來。

わたし ときどき かれ はな　　　　　　 おもしろ ひと
私も時々彼と話すけれど、面白い人だ。
wa.ta.shi.mo.to.ki.do.ki.ka.re.to.ha.na.su.ke.re.do、o.mo.shi.ro.i.hi.to.da
我有時候會和他聊天～，是個很有趣的人。

や　　　　　　　　　 し
おいしいパン屋ができたけれど、知っていますか？
o.i.shi.i.pa.n.ya.ga.de.ki.ta.ke.re.do、shi.t.te.i.ma.su.ka
開了一間好吃的麵包店～，你知道嗎？

（開幕特賣）

Ga

が

表示對比關係、期望、點出主題
及單純接續…等意思。

文法
充電　動詞 ・ 形容詞 ・ 形容動詞 終止形 ＋ が
　　　助動詞終止形 ＋ が

舉出相反的事實，表示列舉或對比關係。
「雖然…可是…」的意思。

かいじょう　　ひろ　　　　　　　　かんきゃく
会場は広かったが、観客はわずかだった。
ka.i.jo.o.wa.hi.ro.ka.t.ta.ga、ka.n.kya.ku.wa.wa.zu.ka.da.t.ta
雖然會場很大，但觀眾卻很少。

うみ　　す　　　　　さかな
くじらは海に棲むが、魚ではない。
ku.ji.ra.wa.u.mi.ni.su.mu.ga、sa.ka.na.de.wa.na.i
鯨魚雖然住在海裡，但不是魚。

祖母はもう100歳だが、まだ元気に働いている。

so.bo.wa.mo.o.hya.ku.sa.i.da.ga、ma.da.ge.n.ki.ni.ha.ta.ra.i.te.i.ru

祖母雖然已經100歲了，但還是活力十足地工作著。

接續助詞が

静岡県には海があるが、山梨県にはない。

shi.zu.o.ka.ke.n.ni.wa.u.mi.ga.a.ru.ga、ya.ma.na.shi.ke.n.ni.wa.na.i

雖然靜岡縣有海，但山梨縣沒有。

（輕快悠遊）

（搖搖晃晃）

泳ぎは得意だが、歩くのは苦手だ。

o.yo.gi.wa.to.ku.i.da.ga、a.ru.ku.no.wa.ni.ga.te.da

雖然很擅長游泳，但不太會走路。

今日本では冬だが、オーストラリアでは夏だ。

i.ma.ni.ho.n.de.wa.fu.yu.da.ga、o.o.su.to.ra.ri.a.de.wa.na.tsu.da

雖然現在日本是冬天，但澳洲是夏天。

139

用於句尾，表示自己的期望。

うまく飛べるといいんですが…。
u.ma.ku.to.be.ru.to.i.i.n.de.su.ga
如果能順利飛起來就好了。

早く治るといいが…。
ha.ya.ku.na.o.ru.to.i.i.ga
要是能快點痊癒就好了。

仲直りできるといいんですが…。
na.ka.na.o.ri.de.ki.ru.to.i.i.n.de.su.ga
能（跟他）和好就好了。

明日は晴れるといいが…。
a.shi.ta.wa.ha.re.ru.to.i.i.ga
明天如果能放晴就好了。

在會話中，先將主題點出來，接著
再陳述其它的話語。

<ruby>高橋<rt>たかはし</rt></ruby>と<ruby>申<rt>もう</rt></ruby>しますが、<ruby>広美<rt>ひろみ</rt></ruby>さんはいらっしゃいますか？
ta.ka.ha.shi.to.mo.o.shi.ma.su.ga、hi.ro.mi.sa.n.wa.i.ra.s.sha.i.ma.su.ka
敝姓高橋，請問廣美小姐在嗎？

<ruby>先<rt>せん</rt></ruby>だっての<ruby>件<rt>けん</rt></ruby>ですが、お<ruby>考<rt>かんが</rt></ruby>えいただけましたでしょうか？
se.n.da.t.te.no.ke.n.de.su.ga、o.ka.n.ga.e.i.ta.da.ke.ma.shi.ta.de.sho.o.ka
之前談的那件事，您考慮得怎麼樣了？

昨日その店に行ってみましたが、なかなかよかったですよ。
ki.no.o.so.no.mi.se.ni.i.t.te.mi.ma.shi.ta.ga、na.ka.na.ka.yo.ka.t.ta.de.su.yo
昨天我去了那間店～，還不錯哦！

息子さんにお会いしましたが、よく似ていらっしゃいますね。
mu.su.ko.sa.n.ni.o.a.i.shi.ma.shi.ta.ga、yo.ku.ni.te.i.ra.s.sha.i.ma.su.ne
我見到你兒子了～，跟你長得真像呢！

初めて車を運転したが、やはりかなり緊張した。
ha.ji.me.te.ku.ru.ma.o.u.n.te.n.shi.ta.ga、ya.ha.ri.ka.na.ri.ki.n.cho.o.shi.ta
第一次開車～，果然很緊張。

Noni

のに

多用來表達意外、不滿、遺憾、惋惜的口氣，
「可是」、「偏偏」、「卻」、「反而」的意思。

🔊33

文法充電　動詞・形容詞・形容動詞・助動詞 連體形＋ のに

呼んでいるのに気づかない。
yo.n.de.i.ru.no.ni.ki.zu.ka.na.i
明明叫了他，（他）卻沒有注意到。

寒いのに半袖だ。
sa.mu.i.no.ni.ha.n.so.de.da
明明很冷，卻穿短袖。

まだ小さいのに、よく親の手伝いをする。
ma.da.chi.i.sa.i.no.ni、yo.ku.o.ya.no.te.tsu.da.i.o.su.ru
儘管年紀還很小，卻常常幫父母的忙。

せっかく遠くから来たのに、パンダに会えなかった。
se.k.ka.ku.to.o.ku.ka.ra.ki.ta.no.ni、pa.n.da.ni.a.e.na.ka.t.ta
特地遠道而來，卻沒辦法看到貓熊。

今日は日曜なのに、人出が少ない。
kyo.o.wa.ni.chi.yo.o.na.no.ni、hi.to.de.ga.su.ku.na.i
今天明明是星期天，可是人卻很少。

美人なのにガニ股だ。
bi.ji.n.na.no.ni.ga.ni.ma.ta.da
（她）長得很漂亮，偏偏走路卻外八。

接・續・助・詞

Node 🔊34

ので

表示原因或理由，「因為…，所以…」的意思。

接續助詞 ので

文法充電　動詞・形容詞・形容動詞・助動詞 連體形 + ので

熱があるので寝ている。
ne.tsu.ga.a.ru.no.de.ne.te.i.ru
因為發燒，所以（在家）休息。

暗くなってきたので、電気を点けた
ku.ra.ku.na.t.te.ki.ta.no.de、de.n.ki.o.tsu.ke.ta
因為天黑了，所以打開電燈。

説明が上手なので、よくわかる。
se.tsu.me.i.ga.jo.o.zu.na.no.de、yo.ku.wa.ka.ru
因為說明得很清楚，所以很好理解。

この先は工事中なので、通れません。
ko.no.sa.ki.wa.ko.o.ji.chu.u.na.no.de、to.o.re.ma.se.n
因為前面正在施工，所以無法通行。

Kara

接・續・助・詞
から

表示說話人的主觀原因、理由，
「因為…所以…」的意思。

文法
充電　動詞 ・ 形容詞 ・ 形容動詞 ・ 助動詞 終止形 ＋ から

もう遅いから、おやすみなさい。
mo.o.o.so.i.ka.ra、o.ya.su.mi.na.sa.i
（因為）已經很晚了，晚安。

今行くから、待っていてください。
i.ma.i.ku.ka.ra、ma.t.te.i.te.ku.da.sa.i
（因為）我現在就去，請等我一下。

あまりきれいになったから、誰だかわかりませんでした。
a.ma.ri.ki.re.i.ni.na.t.ta.ka.ra、da.re.da.ka.wa.ka.ri.ma.se.n.de.shi.ta
因為變得太漂亮了，認不出來是誰。

助詞
小點心　「から」容易和「ので」（參考P.145）混淆，「から」主要表示說話人主
觀的判斷。「ので」表示客觀因素，多用來敘述因為有前項原因，才
會產生後項結果，通常用在自然、物理現象等事物的因果關係上。

Shi

し

表示前後並列、添加的意思。

文法充電 動詞・形容詞・形容動詞・助動詞 終止形 + し

表示前後並列、添加。「既…又…」、「也…也…」的意思。

（蘋果評鑑會）

色もよいし、形もよい。
i.ro.mo.yo.i.shi、ka.ta.chi.mo.yo.i
顏色既漂亮，形狀又好看。

和室もあるし、洋室もある。
wa.shi.tsu.mo.a.ru.shi、yo.o.shi.tsu.mo.a.ru
既有和室也有西式房間。

バスは来ないし、タクシーはつかまらないし、本当に困りました。

ba.su.wa.ko.na.i.shi、ta.ku.shi.i.wa.tsu.ka.ma.ra.na.i.shi、ho.n.to.o.ni.ko.ma.ri.ma.shi.ta

公車又不來，又招不到計程車，真是傷腦筋。

ここは駅から近いし、スーパーも近いし、便利な所です。

ko.ko.wa.e.ki.ka.ra.chi.ka.i.shi、su.u.pa.a.mo.chi.ka.i.shi、be.n.ri.na.to.ko.ro.de.su

這裡既離車站近，離超市也近，是個方便的地方。

（最近站）

スーパー（超市）

（週末特賣）

朝は早いし、夜は遅いし、ほとんど家にいない。

a.sa.wa.ha.ya.i.shi、yo.ru.wa.o.so.i.shi、ho.to.n.do.i.e.ni.i.na.i

早上很早就出門，晚上又很晚才回家，幾乎都不在家。

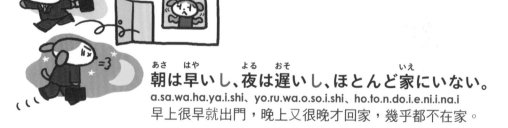

Te

表示動作、狀態的並列、對比或原因，
有時表示意外、不滿…等多種意思。

文法充電　動詞・形容詞・助動詞　連用形 + て

表示動作、狀態的並列、對比。

赤くて美しい花。
a.ka.ku.te.u.tsu.ku.shi.i.ha.na
又紅又美麗的花。

秋は日が短くて夜が長い。
a.ki.wa.hi.ga.mi.ji.ka.ku.te.yo.ru.ga.na.ga.i
秋天晝短（且）夜長。

朝は5時に起きて、夜は9時に寝ます。
a.sa.wa.go.ji.ni.o.ki.te、yo.ru.wa.ku.ji.ni.ne.ma.su
早上5點起床，然後晚上9點睡覺。

兄は医者になって、弟は画家になった。
a.ni.wa.i.sha.ni.na.t.te、o.to.o.to.wa.ga.ka.ni.na.t.ta
哥哥當了醫生，而弟弟則成了一名畫家。

表示動作、作用的原因或理由，
「因為」、「由於」的意思。

しつれん　　お　こ
失恋して落ち込んでいる。
shi.tsu.re.n.shi.te.o.chi.ko.n.de.i.ru
因為失戀，所以情緒低落。

め　　　　　　　　　　　　たいへん
お目にかかれて大変うれしいです。
o.me.ni.ka.ka.re.te.ta.i.he.n.u.re.shi.i.de.su
(因為)能和您見面實在非常高興。

くさ　　　　　　　　　　か　　　　たお
臭いにおいを嗅いで倒れた。
ku.sa.i.ni.o.i.o.ka.i.de.ta.o.re.ta
(因為)聞到臭味而暈倒。

• やきいも：烤蕃薯

の　　　　め　さ
コーヒーを飲んで目を覚まそう。
ko.o.hi.i.o.no.n.de.me.o.sa.ma.so.o
喝杯咖啡來提提神吧！

相反的關係，表示意外或不滿，
「然而」、「卻」的意思。

事情を知っていて言わない。
ji.jo.o.o.shi.t.te.i.te.i.wa.na.i
知道實情，卻不說。

あんなに叱られてまだ懲りない。
a.n.na.ni.shi.ka.ra.re.te.ma.da.ko.ri.na.i
被狠狠罵過之後卻還是沒有得到教訓。　　（喋喋不休）

助詞
小點心

「て」接在な行、ま行、が行、ば行的1類動詞（5段動詞）後
時，要用「で」。（參考P.133）另外，「て」不能接在形容
動詞後面，要做接續時，直接使用形容動詞連用形即可，如：
「山田さんは綺麗で、頭がいい。」

「て」後面接「いる、ある、みる、もらう、くださる、あげる、いく、くる」…等補助動詞，表示各種不同的意思。

立っている。
ta.t.te.i.ru
站著。

プレゼントが置いてある。
pu.re.ze.n.to.ga.o.i.te.a.ru
禮物放著。

雲を見ている。
ku.mo.o.mi.te.i.ru
看著雲。

紙で包んである。
ka.mi.de.tsu.tsu.n.de.a.ru
用紙包著。

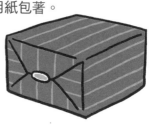

箱を開けてみる。
ha.ko.o.a.ke.te.mi.ru
打開盒子看看。

食べてみる。
ta.be.te.mi.ru
吃吃看。

分けてもらう。
wa.ke.te.mo.ra.u
分給我。

よろこんでもらう。
yo.ro.ko.n.de.mo.ra.u
高興地收下。

手伝ってあげる。
te.tsu.da.t.te.a.ge.ru
幫忙別人。

（熊畫家簽名會）

くま画伯
サイン会

書いてくださる。
ka.i.te.ku.da.sa.ru
得到簽名。

洗ってあげる。
a.ra.t.te.a.ge.ru
幫你洗（衣服）。

どうぞ上がってください。
do.o.zo.a.ga.t.te.ku.da.sa.i
請進。

時間が過ぎていく。
ji.ka.n.ga.su.gi.te.i.ku
時間流逝。

どんどん好きになっていく。
do.n.do.n.su.ki.ni.na.t.te.i.ku
越來越喜歡。

急に熱くなってくる。
kyu.u.ni.a.tsu.ku.na.t.te.ku.ru
突然變熱了。

だんだん眠くなってくる。
da.n.da.n.ne.mu.ku.na.t.te.ku.ru
漸漸地想睡了。

今はそっとしておこう。
i.ma.wa.so.t.to.shi.te.o.ko.o
現在就讓他一個人靜一下吧！

少し取っておく。
su.ko.shi.to.t.te.o.ku
拿一點點起來。

154

Nagara

ながら

接・續・助・詞

38

表示兩個動作同時進行或前後兩種
情況或動作不相稱的意思。

文法
充電

| 動詞 ・ 助動詞 連用形 + ながら |
| 名詞 ・ 形容動詞語幹 ・ 形容詞終止形 + ながら |

兩個動作同時進行,「一邊…,一邊…」的意思。

食事をしながら話す。
sho.ku.ji.o.shi.na.ga.ra.ha.na.su
邊吃邊說。

音楽を聴きながら体を動かす。
o.n.ga.ku.o.ki.ki.na.ga.ra.ka.ra.da.o.u.go.ka.su
邊聽音樂邊舞動身體。

歩きながら考えた。
a.ru.ki.na.ga.ra.ka.n.ga.e.ta
邊走邊想。

小言を言われながら働いています。
ko.go.to.o.i.wa.re.na.ga.ra.ha.ta.ra.i.te.i.ma.su
邊被抱怨邊工作。

前後情況或動作不相稱，「雖然⋯可是」的意思。

にゅうしゃ に ねん め　　　　　　　　みせ　まか
入社 2 年目ながら、この店を任されています。
nyu.u.sha.ni.ne.n.me.na.ga.ra、ko.no.mi.se.o.ma.ka.sa.re.te.i.ma.su
才剛進公司 2 年，就被委託負責這間店。

からだ　わる
体に悪いとわかっていながら、たばこがやめられない。
ka.ra.da.ni.wa.ru.i.to.wa.ka.t.te.i.na.ga.ra、ta.ba.ko.ga.ya.me.ra.re.na.i
雖然我知道對身體不好，但還是戒不了煙。

じょせい　　　　　たいへん　ちから も
女性ながら大変な力持ちだ。
jo.se.i.na.ga.ra.ta.i.he.n.na.chi.ka.ra.mo.chi.da
雖然是女生，但力氣很大。

（設計貓）

わか　　　　　　　じつりょく　　　　　ひと
まだ若いながら、実力のある人だ。
ma.da.wa.ka.i.na.ga.ra、ji.tsu.ryo.ku.no.a.ru.hi.to.da
雖然還很年輕，但是個很有實力的人。

Tari

接・續・助・詞

たり

🔊39

表示兩種動作、狀態並列，或表示大概的意思。

接續助詞 たり

文法充電 動詞 ・ 形容詞 ・ 形容動詞 連用形 ＋ たり

表示兩種動作或狀態並列，「又…，又…」的意思。

飛んだり跳ねたりしている。
to.n.da.ri.ha.ne.ta.ri.shi.te.i.ru
又飛又跳。

（私はパンダ好きです）
（我喜歡熊貓）

（跳、跳）
（蹦）
（彈～）

読んだり書いたりする。
yo.n.da.ri.ka.i.ta.ri.su.ru
又讀又寫。

（心神不定）
合格通知
（坐縮立坐）

行ったり来たりして、落ち着かない。
i.t.ta.ri.ki.ta.ri.shi.te、o.chi.tsu.ka.na.i
走來又走去，靜不下心。

助詞小點心

＊「たり」接在な行、ま行、が行、ば行1類動詞（5段動詞）後時，要用「だり」。（參考P.133）
＊「たり」一般用「…たり…たりする」的形式。

157

表示大概、諸如此類，「像那樣…」的意思。

ふく　よご
服を汚したりしないように。
fu.ku.o.yo.go.shi.ta.ri.shi.na.i.yo.o.ni
別把衣服（什麼的）弄髒了。

トランプをしたりしませんか？
to.ra.n.pu.o.shi.ta.ri.shi.ma.se.n.ka
要不要玩個撲克牌（之類的）啊？

むかし　　　　いっしょ　　あそ
昔はよく一緒に遊んだりしたね。
mu.ka.shi.wa.yo.ku.i.s.sho.ni.a.so.n.da.ri.shi.ta.ne
以前我們常常一起玩耍（之類的）呢！

memo

Coffee Break
日本咖啡連鎖名店

日本擁有眾多連鎖咖啡名店，每家都擁有自己的獨特風格。挑一家你喜歡的咖啡店，可以與好友閒聊、觀察其他的客人，或帶一本自己喜歡的書，伴隨著咖啡店播放的樂聲，沈浸在悠閒愉悅的咖啡時光吧！

★ 咖啡店

STARBUCKS COFFEE
スターバックス　コーヒー
su.ta.a.ba.k.ku.su ko.o.hi.i
＊簡稱スタバ（su.ta.ba）星巴客

SEATTLE'S BEST COFFEE
シアトルズベストコーヒー
shi.a.to.ru.zu.be.su.to.ko.o.hi.i
西雅圖咖啡

コーヒーかん
珈琲館
ko.o.hi.i.ka.n
咖啡館

PRONTO
プロント
pu.ro.n.to

CAFÉ de CRIÉ
カフェ・ド・クリエ
ka.fe.do.ku.ri.e

CHAT NOIR
シャノアール
sha.no.a.a.ru

DOUTOR
ドトールコーヒー
do.to.o.ru.ko.o.hi.i
羅多倫咖啡

BLENZ COFFEE
ブレンズコーヒー
bu.re.n.zu.ko.o.hi.i
百怡咖啡

Blue bottle coffee ブルーボトルコーヒー bu.ru.u.bo.to.ru.ko.o.hi.i 藍瓶咖啡	ST.MARC CAFÉ サンマルクカフェ sa.n.ma.ru.ku.ka.fe
TULLY's COFFEE タリーズコーヒー ta.ri.i.zu.ko.o.hi.i	GINZA Renoir ぎんざ 銀座ルノアール gi.n.za.ru.no.a.a.ru
ほしの コーヒーてん 星乃珈琲店 ho.shi.no.ko.o.hi.i.te.n 星乃咖啡店	EXCELSIOR CAFÉ エクセルシオール カフェ e.ku.se.ru.shi.o.o.ru.ka.fe

★ 咖啡豆種類

まめ コーヒー豆 ko.o.hi.i.ma.me 咖啡豆 	MANDHELING マンデリン ma.n.de.ri.n 曼特寧

COLOMBIA コロンビア ko.ro.n.bi.a 哥倫比亞	KENYA ケニア ke.ni.a 肯亞	BLUE MOUNTAIN ブルーマウンテン bu.ru.u.ma.u.n.te.n 藍山

GUATEMALA グァテマラ gwa.te.ma.ra 瓜地馬拉	BRAZIL SANTOS ブラジル・サントス bu.ra.ji.ru.sa.n.to.su 巴西聖多斯

★ 咖啡好幫手

coffee maker コーヒーメーカー ko.o.hi.i.me.e.ka.a 咖啡機	capsule しき coffee maker カプセル式コーヒーメーカー ka.pu.se.ru.shi.ki.ko.o.hi.i.me.e.ka.a 膠囊咖啡機

てび coffee mill
手挽きコーヒーミル
te.bi.ki.ko.o.hi.i.mi.ru

手搖磨豆機

coffee mill
コーヒーミル
ko.o.hi.i.mi.ru

咖啡研磨機

dripper
ドリッパー
do.ri.p.pa.a

咖啡濾杯

paper filter
ペーパーフィルター
pe.e.pa.a.fi.ru.ta.a

咖啡濾紙

drop pot
ドリップポット
do.ri.p.pu.po.t.to

手沖壺

milk whipper
ミルクホイッパー
mi.ru.ku.ho.i.p.pa.a

打奶泡機

★ 咖啡好伴侶

さとう
砂糖
sa.to.o

砂糖

brown sugar
ブラウンシュガー
bu.ra.u.n.shu.ga.a

黑糖

milk
ミルク
mi.ru.ku

牛奶

gum syrup
ガムシロップ
ga.mu.shi.ro.p.pu

糖漿 ＊簡稱ガムシロ（ga.mu.shi.ro）

creamer
クリーマー
ku.ri.i.ma.a

奶精

whip
ホイップ
ho.i.p.pu

鮮奶泡

（請給我1杯咖啡
和2杯紅茶！）

コーヒー1つに
紅茶2つください！

4.
終助詞
Café

「終助詞」位於句尾，用來表示說話者的感嘆、

疑問、希望…等。

●終助詞成員●

か　な　よ　とも　さ　ね

ぞ　の　や　わ　ぜ　て

Ka

終・助・詞

か

表示疑問、反問或自問自答的
感嘆…等意思。

文法充電	動詞・形容詞・形容動詞・助動詞 終止形 + か
	名詞・副詞・助詞 + か

表示疑問、反問或自問自答的感嘆…等意思。

これは誰(だれ)の帽子(ぼうし)ですか？
ko.re.wa.da.re.no.bo.o.shi.de.su.ka
這是誰的帽子呢？

あなたも行(い)きますか？
a.na.ta.mo.i.ki.ma.su.ka
你也要去嗎？

お味(あじ)はいかがですか？
o.a.ji.wa.i.ka.ga.de.su.ka
吃起來口味如何呢？

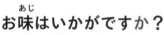

大丈夫(だいじょうぶ)ですか？
da.i.jo.o.bu.de.su.ka
不要緊嗎？

表示反問，「怎麼可能…？」的意思。

負^まけるものか。
ma.ke.ru.mo.no.ka
（我）怎麼能輸。

私^{わたし}がそんなことするものですか。
wa.ta.shi.ga.so.n.na.ko.to.su.ru.mo.no.de.su.ka
我怎麼會做那種事。

まさかそんなことがあるものですか。
ma.sa.ka.so.n.na.ko.to.ga.a.ru.mo.no.no.de.su.ka
怎麼可能會有那種事。

「斷定助動詞だ」或「形容動詞語尾だ」的後面不能接か。

165

以感嘆的心情自問自答，「…啊！」的意思。

ああ、今日も雨か。
a.a、kyo.o.mo.a.me.ka
唉～今天還是下雨啊。

もう5時か。
mo.o.go.ji.ka
已經5點了啊。

（嘩啦嘩啦）

そうだったんですか。
so.o.da.t.ta.n.de.su.ka
是這樣子啊。

林さんからか。
ri.n.sa.n.ka.ra.ka
原來是林小姐寄來的啊！

なんだ、たったこれだけか。
na.n.da、ta.t.ta.ko.re.da.ke.ka
什麼嘛！只有這一點點啊！

な Na

🔊41

終・助・詞

表示禁止、警告語意或表達感嘆、感動的心情及強烈願望…等意思。

禁止、警告語意，「不可以」、「別」的意思。

★此為男性長輩用語。

文法充電 動詞 ・ 助動詞 終止形 + な

終助詞 な

ゲームばかりするな。
ge.e.mu.ba.ka.ri.su.ru.na
別光顧著玩電動。

よそ見をするな。
yo.so.mi.o.su.ru.na
別偷看！

それに触るな。
so.re.ni.sa.wa.ru.na
別摸那個。

お父さんを困らせるな。
o.to.o.sa.n.o.ko.ma.ra.se.ru.na
別讓爸爸為難。

（哇～哇～給我買玩具、
買玩具啦～）

表達感嘆、感動，「是…啊！」的意思。

動詞・形容詞・形容動詞・助動詞 終止形 + な

うれしいな（なあ）。
u.re.shi.i.na(na.a)
真是高興啊！

きれいな人だな（なあ）。
ki.re.i.na.hi.to.da.na(na.a)
真是一位美女啊！

うるさいな（なあ）。
u.ru.sa.i.na(na.a)
真吵啊！

おかしいな（なあ）、確かここに置いたのにな（なあ）。
o.ka.shi.i.na(na.a)、ta.shi.ka.ko.ko.ni.o.i.ta.no.ni.na(na.a)
真是奇怪啊！我記得明明放在這裡的啊！

 助詞 小點心　表示感嘆、願望時為了加強語氣，「な」通常會說成「なあ」。

168

文法充電 動詞 ・ 形容詞 ・ 形容動詞 ・ 助動詞 終止形 + な

はや なつやす
早く夏休みになるといいなあ。
ha.ya.ku.na.tsu.ya.su.mi.ni.na.ru.to.i.i.na.a
如果能快一點放暑假該有多好啊！

終助詞 な

しんしゃ ほ
新車が欲しいなあ。
shi.n.sha.ga.ho.shi.i.na.a
好想要新的車子啊！

と
飛べるといいなあ。
to.be.ru.to.i.i.na.a
如果會飛的話該有多好啊！

きゅうけい
どこかで休憩したいなあ。
do.ko.ka.de.kyu.u.ke.i.shi.ta.i.na.a
好想要在哪裡休息一下啊！

い
トイレに行きたいなあ。
to.i.re.ni.i.ki.ta.i.na.a
好想去洗手間啊！

Yo

表達感動、疑問、呼喚或輕微的
命令…等意思。

🔊42

文法充電

動詞・形容詞・形容動詞・助動詞 終止形 + よ

名詞・助詞・形容動詞語幹 + よ

動詞 命令形 + よ

表示感動、加強語氣,「…啊!」、
「…吧!」的意思。

ちゃんとわかっていますよ。
cha.n.to.wa.ka.t.te.i.ma.su.yo
我知道啦!

今度は私よ。
こんど　わたし
ko.n.do.wa.wa.ta.shi.yo
下次換我了吧!

そこはあぶないよ。
so.ko.wa.a.bu.na.i.yo
那裡很危險哦!

（鯊魚）

本当によかったよ。
ほんとう
ho.n.to.o.ni.yo.ka.t.ta.yo
真是太好了啊!

きみ、そんなことしていいのかよ。
ki.mi、so.n.na.ko.to.shi.te.i.i.no.ka.yo
你，做那種事可以嗎？（男性用語）

<ruby>隠<rt>かく</rt></ruby>

どこへ隠したんだよ。
do.ko.e.ka.ku.shi.ta.n.da.yo
藏到哪兒去了啊！（男性用語）

どうしていじわるするのよ。
do.o.shi.te.i.ji.wa.ru.su.ru.no.yo
為什麼要欺負人呢！（女性用語）

（笨蛋、白癡）

表示呼喚，「…囉！」、「…哦！」的意思。

みんな、行くよ！
mi.n.na、i.ku.yo
各位！要出發囉！

これ、落ちましたよ！
ko.re、o.chi.ma.shi.ta.yo
這個掉下來了哦！

ここにありましたよ！
ko.ko.ni.a.ri.ma.shi.ta.yo
在這裡哦！

ごはんですよ！
go.ha.n.de.su.yo
開飯囉！

バスが来ましたよ！
ba.su.ga.ki.ma.shi.ta.yo
巴士來了哦！

表示輕微的命令或委託別人，「…吧！」、「…啊！」的意思。

約束（やくそく）を忘（わす）れないでよ。

ya.ku.so.ku.o.wa.su.re.na.i.de.yo

請不要忘記我們的約定哦！

(明天10點在澀谷的
忠犬八公前喲！)
明日 10時に
渋谷ハチ公前だよ

STOP

やめてよ。

ya.me.te.yo

快點住手啊！

(嗯～怎麼辦呢？)
うーん
どうしようかな
契約書

どうかお願（ねが）いしますよ。

do.o.ka.o.ne.ga.i.shi.ma.su.yo

無論如何就拜託你了啊。

早（はや）く元気（げんき）になってよ。

ha.ya.ku.ge.n.ki.ni.na.t.te.yo

請快點好起來哦！

Tomo

とも

接在句尾，表示十分肯定的語氣，「當然」、「一定」的意思。

文法充電 動詞 ・ 形容詞 ・ 形容動詞 ・ 助動詞 終止形 + とも

お祭りに行く？もちろん行くとも！
o.ma.tsu.ri.ni.i.ku?mo.chi.ro.n.i.ku.to.mo
要去廟會嗎？當然要去囉！

手伝ってもらえる？いいとも！
te.tsu.da.t.te.mo.ra.e.ru? i.i.to.mo
可以幫我一下嗎？當然可以啊！

そのお気持ち、わかりますとも。
so.no.o.ki.mo.chi、wa.ka.ri.ma.su.to.mo
我當然知道你的心情。

對於理所當然的小事，表達不在乎的心情或加強語氣，「…吧！」、「…啊！」的意思。

文法充電　動詞 ・ 形容詞 ・ 助動詞 終止形 ＋ さ
名詞 ・ 副詞 ・ 形容動詞語幹 ＋ さ

終助詞

終助詞 さ

ぼく
僕のはこれさ。
bo.ku.no.wa.ko.re.sa
我的是這個吧！

ぼく
僕だってわかっていたさ。
bo.ku.da.t.te.wa.ka.t.te.i.ta.sa
就連我也知道啊！

まあ、なんとかなるさ。
ma.a、na.n.to.ka.na.ru.sa
算了！船到橋頭自然直吧！

（噗通、噗通）

ドキドキ

面接会場

（面試會場）

Ne

🔊45

ね

表達輕微感嘆、希望對方同意自己或
表示疑問、勸誘…等各種意思。

文法
充電　動詞 ・ 形容詞 ・ 形容動詞 ・ 助動詞 終止形＋ ね

表示輕微感嘆，「…呢！」，「…啊！」的意思。

★可用來表達佩服、失望、吃驚…等不同心情。

とてもおいしいね（え）。
to.te.mo.o.i.shi.i.ne(e)
非常好吃呢！

それはよかったね（え）。
so.re.wa.yo.ka.t.ta.ne(e)
那真是太好了呢！

これはいいね（え）。
ko.re.wa.i.i.ne(e)
這個很好呢！

助詞
小點心　「ねえ」和「ね」的意思相同，但「ねえ」的語氣比「ね」強。

荷物が多くて、大変でしたね。

に もつ　　　おお　　　　　　たいへん

ni.mo.tsu.ga.o.o.ku.te、 ta.i.he.n.de.shi.ta.ne

行李很多，真是辛苦啊！

よくできたね。

yo.ku.de.ki.ta.ne

做得很好呢！

よくここがわかりましたね。

yo.ku.ko.ko.ga.wa.ka.ri.ma.shi.ta.ne

你對這個地方還真熟呢！

私のこと、忘れないでね。
wa.ta.shi.no.ko.to、wa.su.re.na.i.de.ne
請不要忘了我哦！

もういたずらはしないね。
mo.o.i.ta.zu.ra.wa.shi.na.i.ne
別再惡作劇了哦！

これでよくわかったね。
ko.re.de.yo.ku.wa.ka.t.ta.ne
這樣子應該了解了吧！

気をつけてね。
ki.o.tsu.ke.te.ne
小心一點哦！

本当にこれが最後だからね。
ho.n.to.o.ni.ko.re.ga.sa.i.go.da.ka.ra.ne
這次真的是最後一次了吧！

表示疑問、質問或向對方打聽某事是否
屬實，「…呢？」、「…嗎？」的意思。

★ 長輩對後輩的問句。

しょるい
書類はできたかね？
sho.ru.i.wa.de.ki.ta.ka.ne
資料整理好了嗎？

どうだね？
do.o.da.ne
如何呢？

★ 心中已有把握，保險起見還是和對方確認較好時的問句。

しゅっぱつ
出発してもいいですね？
shu.p.pa.tsu.shi.te.mo.i.i.de.su.ne
可以出發了吧？

わかりましたね？
wa.ka.ri.ma.shi.ta.ne
了解了吧？

やまもと
あなたが山本さんですね？
a.na.ta.ga.ya.ma.mo.to.sa.n.de.su.ne
妳是山本小姐吧！

表示勸誘、依賴，帶有親近感的語氣，
「…哦！」、「…呢！」的意思。

ごめん(なさい)ね。
go.me.n.(na.sa.i)ne
真是不好意思哦！

（氣呼呼）

そう(だ)ね、それがいいね。
so.o.(da)ne、so.re.ga.i.i.ne
也是！那樣比較好呢！

提案

えんりょ
遠慮しないでね。
e.n.ryo.shi.na.i.de.ne
請不要客氣哦！

Zo

ぞ

用來提醒對方注意、強調說話人的意圖，
男性用語。「…啦！」、「…囉！」的意思。

文法充電　動詞・形容詞・形容動詞・助動詞 終止形 + ぞ

いつかハワイに行くぞ！
i.tsu.ka.ha.wa.i.ni.i.ku.zo
我有一天一定要去夏威夷！

がんばるぞ！
ga.n.ba.ru.zo
加油吧！

さあ行くぞ。
sa.a.i.ku.zo
那麼，我要丟囉！

注意しないと、あぶないぞ。
chu.u.i.shi.na.i.to、a.bu.na.i.zo
不小心一點的話，很危險哦！

助詞小點心

「ぞ」是男性用語，女性不用。
「ぞ」只能對親密的人或下級、晚輩使用。

 終・助・詞 **no**

の

表示親切的質問，有「…呢？」的意思。

★說話時，の的語調要往上提。

文法充電 | 動詞 ・ 形容詞 ・ 形容動詞 ・ 助動詞 連體形 + の

どこに行くの？
do.ko.ni.i.ku.no
要去哪裡呢？

 終・助・詞 **ya**

や

表示感嘆。

文法充電 | 形容詞 ・ 部分助動詞（たい、ない）終止形 + や
形容動詞語幹 + や

もう面倒くさいや。
mo.o.me.n.do.o.ku.sa.i.ya
真是麻煩啊！

終・助・詞 **wa**

わ

表示感嘆，含有溫和親切的語感。

★女性用語。

文法充電 | 動詞 ・ 形容詞 ・ 形容動詞 ・ 助動詞 終止形 + わ

わかったわ。
wa.ka.t.ta.wa
我知道哇。

表示提醒，多為男性用語。

文法充電 動詞・形容詞・形容動詞・助動詞 終止形 + ぜ

おれが引き受けたぜ。
o.re.ga.hi.ki.u.ke.ta.ze
由我接手吧！

表示要求、希望。

文法充電 動詞・助動詞 連用形 + て

ちょっと来て。
cho.t.to.ki.te
請過來一下！

咖啡與文學

對喜愛閱讀的人而言，一邊品嚐著美味的咖啡，同時沉浸於書中世界，是再幸福不過的事！悠閒的閱讀時光，搭上咖啡帶來的細緻苦味，便是咖啡與文學結合後萌發的魅力所在，在逛完了四間助詞 CAFÉ 之後，要不要也來一同感受一下咖啡與文學的魅力呢？

在此，除了結合咖啡與文學外，更是把助詞的學習融入其中，將帶領大家閱讀 60 句日本文豪的名言佳句，以及兩篇咖啡小品文，透過這些名句和作品，不但能再次地複習助詞的意義，還能掌握助詞的使用時機！

60 句日本文豪名言佳句

精選出的 60 句名言佳句，為出自太宰治、三島由紀夫、夏目漱石等 16 位日本文豪。不僅能從這些字字珠璣的文句裡體會到文豪們想傳達的思想之外，也能透過助詞的註釋，達到學習助詞的目的喔！

一、 🔊48

> だまされる人よりも、だます人のほうが数十倍苦しいさ。
> 地獄に落ちるのだからね。

騙子所承受的痛苦，是受騙者的十倍。
因為騙子可是會下地獄的呢。

－太宰治《細微之聲》

より：比較的基準，「比」的意思。
も：表示強調。
の：表示中文「的」的意思。
が：表示句子的主語。
さ：加強語氣。
に：表示場所。
ね：表示輕微感嘆。

二、

> 弱虫は、幸福をさえおそれるものです。
> 綿で怪我するんです。
> 幸福に傷つけられる事もあるんです。

膽小鬼連幸福都會害怕。
碰到棉花也會受傷。
偶爾也會被幸福所傷。

－太宰治《人間失格》

は：表示句子的主語。
さえ：舉一個例子，再類推其他，表示「甚至」的意思。
で：原因或理由。
に：表示被動的主體（動作體），「被～」的意思。

三、

疑いながら、ためしに右へ曲るのも、信じて断乎として右
へ曲るのも、その運命は同じ事です。
どっちにしたって引き返すことは出来ないんだ。

滿懷疑慮地向右走，和充滿信心地向右走，其命運都是一樣的。
無論如何，都無法回到原點。

ー太宰治《御伽草子》

ながら：兩個動作同時進行，「一邊…，一邊…」的意思。
へ：表示動作的方向。
も：也。

ぽかんと花を眺めながら、人間も、本当によいところがあ
る、と思った。
花の美しさを見つけたのは人間だし、花を愛するのも人間
だもの。

出神地望著花朵的同時，覺得人類其實也是有優點。
因為察覺到花之嬌美的是人類，會愛花的也是人類。

ー太宰治《女生徒》

を：表示動作的對象；在此為「看」的對象。
ながら：兩個動作同時進行，「一邊…，一邊…」的意思。
も：也。
が（ある）：表示無生命的存在、擁有；在此指「有優點」。
を：表示動作的對象；在此為「發現」的對象。
を：表示動作的對象；在此為「愛」的對象。

五、

人間は幸福な時には、ばかになっていてもいいのだ。
神も、ゆるし給わん。

當人在幸福之時，即使變成傻瓜也無妨。
神明也會原諒的。

－太宰治《正義與微笑》

は：表示句子的主語。

に：表示時間點。

に：表示動作或作用的結果，有「成為」、「變成」的意思。

ても：表示「即使…也…」的意思。

も：也。

六、

人間を一番残酷にするのは、愛されているという自信だよ。

讓人變得殘酷的，莫過於被愛的自信。

－三島由紀夫《禁色》

を：表示動作的對象；在此為「變得殘酷」的對象。

に：表示動作或作用的結果，有「成為」、「變成」的意思。

　補充：對象＋を＋形容詞連用形・形容動詞語幹＋に＋する

よ：表示感動、加強語氣。

七、

不安こそ、われわれが若さからぬすみうるこよない宝だ。

不安，正是我們無法從青春那搶來的寶物。

－三島由紀夫《清早的寺廟》

こそ：表示加強語氣，「正是」、「就是」、「才是」的意思。

八、

傷つきやすい人間ほど、複雑な鎧帷子を織るものだ。
そして往々この鎧帷子が、自分の肌を傷つけてしまう。

越容易受傷的人，越會織起複雜的鎖子甲。
而往往這個鎖子甲，會讓自己傷痕累累。

－三島由紀夫《小說家的休假》

ほど：表示程度
を：表示動作的對象；在此為「編織」的對象。
が：表示句子的主語。
の：表示中文「的」的意思。
を：表示動作的對象；在此為「受傷」的對象。

九、

目標をめざして努力する過程にしか人間の幸福は存在しない。

人類的幸福只存在於努力朝目標前進的過程裡。

－三島由紀夫《小說家的兒子》

を：表示動作的對象；在此為「以…為目標」的對象。
しか：表示「只有」的意思，後面一定接否定詞。

十、

幸福（こうふく）って、何（なに）も感（かん）じないことなのよ。
幸福（こうふく）って、もっと鈍感（どんかん）なものよ。
幸福（こうふく）な人（ひと）は、自分以外（じぶんいがい）のことなんか夢（ゆめ）にも考（かんが）えないで生（い）きてゆくんですよ。

幸福，就是不去感受。
幸福，是更遲鈍的東西。
所謂的幸福之人，便是過著事不關己己不操心的生活。

－三島由紀夫《夜裡的向日葵》

よ：表示感動、加強語氣。
は：表示句子的主語。
の：表示中文「的」的意思。

十一

人間（にんげん）は好（す）き嫌（きら）いで働（はたら）くものだ。
論法（ろんぽう）で働（はたら）くものじゃない。

人類是依據厭惡喜好而行動。
並不是因理論而行動的。

－夏目漱石《少爺》

で：原因或理由。

> 呑気と見える人々も、心の底を叩いて見ると、どこか悲しい音がする。

即使是看似樂觀的人，只要試著探入他的心房，還是會在某處聽見他的悲鳴。

　　　　　　　　　　　　　　　　　　　－夏目漱石《我是貓》

も：也。

を：表示動作的對象；在此為「敲、探訪」的對象。

と：表示前項情況出現，就會產生某種後果，「只要…就會…」的
　　意思。

か：表示不太確定的語氣，多接在疑問詞後，「不知…」、「好像…」
　　的意思。

が：表示狀態或現象的描述。

> 運命は神の考えるものだ。
> 人間は人間らしく働けばそれで結構だ。

命運是神才要思考的東西。

人類只要做個像樣的人，好好地工作就行。

　　　　　　　　　　　　　　　　　　　－夏目漱石《虞美人草》

は：表示句子的主語。

ば：表示假設條件，「如果…就…」的意思。

愛嬌（あいきょう）というのはね、自分（じぶん）より強（つよ）いものを倒（たお）す柔（やわ）らかい武器（ぶき）だよ。

所謂的親切可人，是個能擊敗強大對手的柔軟武器。

－夏目漱石《虞美人草》

より：比較的基準，「比」的意思。

を：表示動作的對象；在此為「打倒」的對象。

よ：表示感動、加強語氣。

義務心（ぎむしん）を持（も）っていない自由（じゆう）は本当（ほんとう）の自由（じゆう）ではない。

沒有義務之心的自由非真正的自由。

－夏目漱石《我的個人主義》

を：表示動作的對象；在此為「擁有」的對象。

は：表示句子的主語。

の：表示中文「的」的意思。

国境（こっきょう）の長（なが）いトンネルを抜（ぬ）けると雪国（ゆきぐに）だった。

穿越過漫長的縣境隧道之後就是雪之國了。

－川端康成《雪國》

を：表示動作、經過某些場所，有「經過」、「走過」的意思。

と：表示前項情況出現，就會產生某種後果，「只要…就會…」的意思。

一生の間に、一人の人間でも幸福にすることが出来れば、自分の幸福なのだ。

在一生當中，若能讓一個人幸福，那就是自己的幸福了。

－川端康成《一個人的幸福》

に：表示時間點。
でも：舉出簡單的例子再讓人類推。
に：表示動作或作用的結果，有「成為」、「變成」的意思。
　　補充：對象＋を＋形容詞連用形・形容動詞語幹＋に＋する

別れる男に、花の名を一つは教えておきなさい。
花は毎年必ず咲きます。

告訴即將道別的男人一種花的名字吧。
因為花每年都會盛開。

－川端康成《花》

に：表示對象。
を：表示動作的對象；在此為「告訴」的對象。
は：表示強調主題或主語。
は：表示句子的主語。

騙されないで人を愛そう、愛されようなんて思うのは、ずいぶん虫のいい話だ。

想要不被騙，還能愛人、被愛的話，實在是太自私的想法了。

－川端康成《女學生》

を：表示動作的對象；在此為「愛與被愛」的對象。
は：表示句子的主語。

犠牲を清らかならしめよ。
自分を犠牲にした者は、自分を犠牲にしたことを忘れるのが、美しい犠牲の完成なのだ。

來澄清犧牲的意義吧。
犧牲自我的人，忘卻了自己的犧牲，才造就了美麗的犧牲。

－川端康成《犧牲的新娘》

を：表示動作的對象；在此為「澄清」的對象。
を：表示動作的對象；在此為「犧牲」的對象。
は：表示句子的主語。
を：表示動作的對象；在此為「犧牲」的對象。
を：表示動作的對象；在此為「忘卻」的對象。
の：相當於「～的」，代替名詞，の＝こと。
が：表示句子的主語。

われわれを恋愛（れんあい）から救（すく）うものは、理性（りせい）よりもむしろ多忙（たぼう）である。

將我們從戀愛中拯救出來的，與其說是理性或許更應該說是忙碌。

－芥川龍之介《侏儒的話》

を：表示動作的對象；在此為「拯救」的對象。

から：表示動作、作用的起點。有「從」、「自」、「由」的意思。

は：表示句子的主語。

より：比較的基準，「比」的意思。

人生（じんせい）を幸福（こうふく）にするためには、日常（にちじょう）の瑣事（さじ）を愛（あい）さなければならぬ。

為了要過得幸福，就不得不去愛那些日常生活中的瑣事。

－芥川龍之介《侏儒的話》

を：表示動作的對象；在此為「使⋯幸福」的對象。

に：表示動作或作用的結果，有「成為」、「變成」的意思。

補充：對象＋を＋形容詞連用形・形容動詞語幹＋に＋する

の：表示中文「的」的意思。

を：表示動作的對象；在此為「愛」的對象。

人間は、時として、充たされるか充たされないか、わからない欲望のために、一生を捧げてしまう。
その愚をわらう者は、畢竟、人生に対する路傍の人に過ぎない。

為了一個不知能否實現的願望，人有時會豁出一輩子的。
而嘲笑他愚蠢的人，終究只是人生中的一名過客。

－芥川龍之介《芋粥》

か：表示不太確定的語氣，多接在疑問詞後，「不知…」、「好像…」
　　的意思。
を：表示動作的對象；在此為「奉獻」的對象。
を：表示動作的對象；在此為「嘲笑」的對象。
は：表示句子的主語。

阿呆はいつも彼以外のものを阿呆であると信じている。

傻瓜相信，除了他自己之外的人都是傻瓜。

－芥川龍之介《河童》

は：表示句子的主語。
の：表示中文「的」的意思。
を：表示動作的對象；在此為「相信是傻瓜」的對象。

人生は一箱のマッチに似ている。
重大に扱うのは莫迦莫迦しい。
重大に扱わなければ危険である。

人生就像一盒火柴。
過於謹慎使用似乎有些愚蠢。
但若不慎重對待又很危險。

　　　　　－芥川龍之介《侏儒的言論　文藝的，像是多餘的文藝的》

は：表示句子的主語。
の：表示中文「的」的意思。
に：比較的基準，表示「和…相似」的對象。
の：相當於「～的」，代替名詞，の＝こと。
は：表示句子的主語。

悲しみ、苦しみは人生の花だ。

悲傷、痛苦皆是人生的花朵。

　　　　　　　　　　　　　　　　　－坂口安吾《惡妻論》

は：表示句子的主語。
の：表示中文「的」的意思。

二十七

人間は生き、人間は堕ちる。
そのこと以外の中に人間を救う便利な近道はない。

人類會活下去，人類會墮落。
除此之外，沒有任何一條捷徑能夠拯救人類。

－坂口安吾《墮落論》

は：表示句子的主語。
の：表示中文「的」的意思。
に：表示場所和時間，有「在」的意思。
を：表示動作的對象；在此為「拯救」的對象。
は：表示強調主題或主語。

二十八

私は悪人です、と言うのは、私は善人です、と言うことよ
りもずるい。

比起說自己是好人，說自己是壞人的人更是狡猾。

－坂口安吾《我想要擁抱海洋》

は：表示句子的主語。
と：表示「引用」。
の：相當於「～的」，代替名詞，の＝こと。
より：比較的基準，「比」的意思。

人生はつくるものだ。
必然の姿などというものはない。

人生是創造而來的。
並無所謂應有的姿態。

－坂口安吾《教祖的文學》

は：表示句子的主語。
の：表示中文「的」的意思。
など：舉例，表示「…之類」等意思。

歴史というお手本などは生きるためにはオソマツなお手本
にすぎないもので、自分の心にきいてみるのが何よりのお
手本なのである。

歷史作為生存的借鏡而言，只不過是個粗糙的範本，去傾聽自己的內
心才是最好的借鏡。

－坂口安吾《教祖的文學》

など：舉例，表示「…之類」等意思。
は：表示句子的主語。
は：表示強調主題或主語。
に：表示對象。
の：相當於「～的」，代替名詞，の＝こと。
が：表示句子的主語。
の：表示中文「的」的意思。

道に迷うことを苦にしてはならない。
どの路でも足の向く方へゆけば、必ずそこに見るべく、聞くべく、感ずべき獲物がある。

別將迷惘視作一種痛苦。
無論是哪條路，只要勇往前進，在那一頭必定會有應該去看、應該去聆聽、應該去品味的收穫。

－國木田獨步《武藏野》

に：表示場所，有「在」的意思。
を：表示動作的對象；在此為「痛苦」的對象。
でも：表示「無論」的意思。
へ：表示動作的方向。
が（ある）：表示無生命的存在、擁有；在此指「有收穫」。

人は不幸と下劣と醜悪とを甘受して始めて幸福と善美とを得ん。

當人可以心甘情願接受不幸、劣等與醜惡的同時，幸福與美善便離他不遠。

－國木田獨步《哄騙之記》

と：列舉不同事物並列，表示「和」的意思。
を：表示動作的對象；在此為「接受」的對象。
を：表示動作的對象；在此為「得到」的對象。

忍耐と勤勉と希望と満足とは境遇に勝つものなり。

忍耐、勤奮、希望以及知足是戰勝環境的秘訣。

－國木田獨步《哄騙之記》

と：列舉不同事物並列，表示「和」的意思。

とは：格助詞「と」與副助詞「は」所構成的複合助詞，表示定義
　　　的主題。

に：表示對象。

人はどんな場合に居ても常に楽しい心を持ってその仕事をすることが出来れば、即ちその人は真の幸福な人といい得る。

人不管在什麼樣的境遇下，都能保有知足常樂之心來工作的話，才稱
得上是真正的幸福之人。

－國木田獨步《日出》

に：表示場所，有「在」的意思。

ても：表示「無論…」的意思。

を：表示動作的對象；在此為「抱持」的對象。

を：表示動作的對象；在此為「做」的對象。

が：表示能力的對象。

民衆の正義とは、富豪や、資産家や、貴族や、その他の幸福なものに対して、利己的な嫉妬を感ずることである。

大眾的正義，即是對富豪、資產家、貴族等，甚至是他人的幸福，萌生出的嫉妒。

－萩原朔太郎《虛妄的正義》

や：表示事物的並列，「…等等」的意思。

を：表示動作的對象；在此為「感受」的對象。

社交の秘訣は、真実を語らないということではない。真実を語ることによってさえも、相手を怒らせない技術である。

交際的秘訣，並非為不語真相。

而是即使說出真言，也不會惹怒對方的話術。

－萩原朔太郎《在港口》

は：表示句子的主語。

を：表示動作的對象；在此為「説」的對象。

さえ：舉一個例子，再類推其他，表示「甚至」的意思。

を：表示動作的對象；在此為「使…生氣」的對象。

原始以来、神は幾億万人という人間を造った。
けれども全く同じ顔の人間を、決して二人とは造りはしな
かった。
人は誰でも単位で生まれて、永久に単位で死ななければな
らない。

從創世以來，神創造了上億的人類。
但絕不會創造出相同外貌的人。
無論是誰，都是以一個單位出生，並且永遠地以一個單位死去。

－萩原朔太郎《吠月》

は：表示句子的主語。
を：表示動作的對象；在此為「創造」的對象。
けれども：表示兩個相反或對比的事實。「雖然…可是…」的意思。
でも：表示「無論…」的意思。
で：表示動作進行時的狀態。

幸福人とは、過去の自分の生涯から満足だけを記憶している人々であり、不幸人とは、その反対を記憶している人々である。

所謂的幸福之人，只會記得生涯中的美好回憶，反觀不幸之人，則是只記得不好的往事。

－萩原朔太郎《絕望的逃亡》

とは：格助詞「と」與副助詞「は」所構成的複合助詞，表示定義
　　　的主題。
の：表示中文「的」的意思。
から：時間的起點，「從～」的意思。
だけ：表示「只」、「只有」等的意思。
を：表示動作的對象；在此為「記住」的對象。

人の年老いていくことを、だれか成長と考えるか。
老は成長でもなく退歩でもない。
ただ「変化」である。

所謂的老去，或許有人認為是成長。
而變老並不是成長也不是退步，
只是「變化」而已。

—萩原朔太郎《桃李之道》

の：接在名詞後面，表示主語，可用が來代替。

を：表示動作的對象；在此為「認為是成長」的對象。

か：表示不太確定的語氣，多接在疑問詞後，「不知…」、「好像…」
　　的意思。

と：表示「認為」的內容。

か：表示懷疑、推測。

は：表示句子的主語。

でも：表示「既…也…」的意思。

僕たちと一緒に行こう。
僕たちはどこまでだって行ける切符を持っているんだ。

跟著我們一起走吧！因為我們有可以到達任何地方的車票。

—宮澤賢治《銀河鐵道之夜》

と：表示「和」、「同」、「和…一起」的意思。

は：表示句子的主語。

を：表示動作的對象；在此為「持有」的對象。

なにがしあわせかわからないです。ほんとうにどんなつらいことでもそれがただしいみちを進む中でのできごとなら峠の上りも下りもみんなほんとうの幸福に近づく一あしずつですから。

我也不知道什麼才是幸福。但無論遇到多麼難受的事，只要朝著正確的方向前進，不管是陡坡或是低谷，大家都能夠離幸福更進一步的。

－宮澤賢治《銀河鐵道之夜》

か：表示疑問、不確定。
でも：表示「無論…」的意思。
を：表示動作、經過某些場所，有「經過」、「走過」的意思。
も：也。
に：表示對象。
から：表示原因、理由。

ぼくはきっとできると思う。
なぜならぼくらがそれをいまかんがえているのだから。

我想我們一定能做得到。
因為我們已經在思考了。

－宮澤賢治《波拉農廣場》

は：表示句子的主語。
と：表示「思考」的內容。
が：表示句子的主語。
を：表示動作的對象；在此為「思考」的對象。
から：表示原因、理由。

> 人間のためと言いましても、自分のすぐ隣にいる人から始めるよりほかに仕方がない。

即使嚷著是為了人類好，但唯有先從身旁的人開始做起才是唯一的辦法。

— 島崎藤村《新生》

と：表示引用。

ても：表示「即使…也…」的意思。

の：表示中文「的」的意思。

に：表示場所，有「在」的意思。

から：表示動作的起點。有「從」、「自」、「由」的意思。

より：表示限定，「只有…」的意思。

> 寂しい道を歩きつづけて来たものでなければ、どうしてそれほど餓え渇いたように生の歓びを迎えるということがあろう。

若不是一路走過了孤寂，怎麼能體會到期盼已久的生命之喜悅呢？

— 島崎藤村《新生》

を：表示動作、經過某些場所，有「經過」、「走過」的意思。

ほど：表示程度。

を：表示動作的對象；在此為「迎接」的對象。

明日（あす）は、明日（あす）はと言（い）って見（み）たところで、そんな明日（あす）はいつまで待（ま）っても来（き）やしない。
今日（こんにち）はまた、またたく間（ま）に通（とお）り過（す）ぎる。
過去（かこ）こそ真（まこと）だ。

就算嚷著明天、明天，那所謂的明天再怎麼等也不會到來。
而今天卻又是稍縱即逝的。
唯有過往，才是真實的。

— 島崎藤村《天亮之前》

と：表示引用。
は：表示句子的主語。
ても：表示「即使…也…」的意思。
こそ：表示加強語氣，「正是」、「就是」、「才是」的意思。

自惚（うぬぼ）れ屋（や）が、自己（じこ）を甘（あま）やかしている人間（にんげん）でなければ、そういつも「自己（じこ）への省察（せいさつ）」「自己呵責（じこかしゃく）」を繰（く）り返（かえ）すわけがない。

所謂自戀，若不是對自己太寬容的話，就不會老是重複「自我反省」「苛責自己」這些事了。

— 中島敦《變色龍日記》

が：表示句子的主語。
を：表示動作的對象；在此為「寬容」的對象。
を：表示動作的對象；在此為「重複」的對象。

理由(りゆう)も分(わ)からずに押付(おしつ)けられた物(もの)を大人(おとな)しく受取(うけと)って、理由(りゆう)も分(わ)からずに生(い)きて行(ゆ)くのが、我々(われわれ)生(い)きもののさだめだ。

什麼都不知情，只能乖乖承受外界強加的事物，連活著的理由都不知道卻持續度日，這便是我等生物的命運。

－ 中島敦《山月記》

も：「連…也…」的意思。

を：表示動作的對象；在此為「接受」的對象。

の：相當於「～的」，代替名詞，の＝こと。

が：表示句子的主語。

の：表示中文「的」的意思。

人生は何事もなさぬにはあまりに長いが、何事かをなすにはあまりに短い。

人生，若無作為的話是很漫長的，但想要成就什麼大事又嫌太短。

— 中島敦《山月記》

は：表示句子的主語。

も：「連…也…」的意思。

が：舉出相反的事時，表示對比關係。「雖然…可是…」的意思。

か：表示不太確定的語氣，多接在疑問詞後，「不知…」、「好像…」的意思。

を：表示動作的對象；在此為「做」的對象。

に：表示「對於…」。

は：表示強調主題或主語。

悟りということは、いかなる場合にも平気で死ぬことではなく、いかなる場合にも、平気で生きていることである。

所謂覺悟，並非是在任何情況下都能抱著必死的決心，而是不論在什麼情況下，都可以坦然地生存下去。

—正岡子規《病床六尺》

に：表示場所，有「在」的意思。

も：也。

で：表示動作進行時的狀態。

五十、

窮して而して始めて一条の活路を得。
始めより窮せざるもの却って死地に陥り易し。

經歷困境後才始得一條活路。
然而從未經歷困境的人,則容易陷入死地。

　　　　　　　　　　　　　　　　　　－正岡子規《病床六尺》

を:表示動作的對象;在此為「得到」的對象。
より:動作或作用的時空起點,「從」的意思。
に:表示場所,有「在」的意思。

五十一

見る所狭ければ自分の汽車の動くのを知らで、隣の汽車が
動くように覚ゆる。

眼界狹窄,就如同不覺自己搭乘的火車已發動,反而以為是隔壁的火
車啟動了。

　　　　　　　　　　　　　　　　　－正岡子規《再次贈與詩人之書》

の:表示中文「的」的意思。
の:接在名詞後面,表示主語,可用が來代替。
の:相當於「～的」,代替名詞,の＝こと。
を:表示動作的對象;在此為「不知道」的對象。
が:表示句子的主語。

いい宝石は泥土に投げ捨て、火の中へ燻べても固有の輝きを失わない。

即使將上等的寶石丟到泥沼，或是在烈火中燃燒，也不會失去原有的光澤。

—谷崎潤一郎《肉塊》

に：表示場所，有「在」的意思。

へ：表示動作的方向。

ても：表示「即使…也…」的意思。

を：表示動作的對象；在此為「不會失去」的對象。

悲しい時には、桜の花の咲くのを見たって涙が出るんだ。

悲傷的時候，即使看見櫻花盛開也會流淚。

—谷崎潤一郎《食蓼蟲》

に：表示時間，有「在」的意思。

の：表示中文「的」的意思。

の：接在名詞後面，表示主語，可用が來代替。

の：相當於「～的」，代替名詞，の＝景色。

を：表示動作的對象；在此為「看見」的對象。

が：表示狀態；後接自動詞。

女の顔は男の憎しみがかかればかかる程美しくなる。

女人的容貌若是累積越多男人的憎恨，就變得越加美麗。

－谷崎潤一郎《癡人之愛》

の：表示中文「的」的意思。

は：表示句子的主語。

の：表示中文「的」的意思。

ほど：表示程度。

天は人の上に人を造らず、人の下に人を造らず。

上天不造人上之人，亦不造人下之人。

－福沢諭吉《學問的推薦》

は：表示句子的主語。

に：表示場所，有「在」的意思。

を：表示動作的對象；在此為「創造」的對象。

自分の考えを曲げてまで交際を求めない。

不會為了人際交往而扭曲自己的思維。

－福沢諭吉《福翁自傳》

の：表示中文「的」的意思。

を：表示動作的對象；在此為「扭曲」的對象。

まで：表示「連…也」、「甚至到」。

を：表示動作的對象；在此為「追求」的對象。

私は、奮闘さえすれば何となく生き甲斐があるような心持がするんだ。

只要努力奮鬥的話，我就會自然而然地感受到生存的價值。

－二葉亭四迷《我半生的懺悔》

は：表示句子的主語。

さえ：舉一個例子，再類推其他，表示「甚至」的意思。

が（ある）：表示無生命的存在、擁有；在此指「有價值」。

が：表示狀態或現象的描述。

信ずる理由があるから信じているのではなくて、信じたいから信じているのだ。

並不是因為有可以相信的理由而相信，是因為想要相信而相信。

－二葉亭四迷《浮雲》

が（ある）：表示無生命的存在、擁有；在此指「有相信的理由」。

から：表示原因、理由。

人に言うべき事は最後までできちんと言うがよい。
全部は言いたくないことだったら、むしろ初めから黙って
いよ。

該向對方說的話，就要從頭到尾說明清楚。
若是不想全盤托出，那乾脆一開始就什麼都不要講。

－森鷗外《智囊的心裡話》

に：表示對象。
は：表示句子的主語。
まで：表示「到…為止」。
が：表示大主題中的小主題。
は：表示強調主題。
から：表示起點，「從～」的意思 。
よ：表示感動、加強語氣。

日の光を籍りて照る大いなる月たらんよりは、自ら光を放
つ小さき燈火たれ。

與其當只能藉由日光而發亮的月亮，不如成為能靠自己發光的小燈
火。

－森鷗外《智囊》

を：表示動作的對象；在此為「藉由」的對象。
より：比較的基準，「比」的意思。
は：表示強調主題。
を：表示動作的對象；在此為「綻放」的對象。

咖啡與文學

在咖啡與文學的最後，我們將要跟著日本文壇的知名作家—寺田寅彥與荻原朔太郎的腳步，來一趟咖啡小品之旅，將透過兩篇小品文來窺探日本明治～昭和時期的咖啡風氣，並且了解藏在文章中的助詞與單字的意義，讓日文能力更上一層樓！

於咖啡館

作者：荻原朔太郎（はぎわらさくたろう）（1886 ～ 1942）

出生於日本群馬，為日本知名詩人。於舊制中學就學期間，收到親戚贈送的短歌入門書籍後，開始對文學產生興趣，並且陸續發表過短歌作品。而之後創作轉向以詩為主，於 1917 年發表詩集《吠月》後，奠定了在詩壇中的地位。多以現代人的孤獨、不安為創作主題，其細膩且白話的口吻帶給日本詩壇極大的影響，得到「日本近代詩之父」的美譽。著有《青貓》、《純情小曲集》、《冰島》等作品。

咖啡哲學序說

作者：寺田寅彥（てらだとらひこ）（1878 ～ 1935）

出生於日本東京，為地球物理學家、隨筆作家、畫家。就讀熊本第五高等學校時，曾為夏目漱石的學生，兩人交情深厚，據說夏目漱石的名著《我是貓》之中的水島寒月，和《三四郎》的野野宮宗八，均是以寺田寅彥為範本而寫。受夏目漱石的影響，寺田寅彥除了在物理學界有出色的表現外，在文學界也相當的亮眼，常將自然與文學結合。著有《龍舌蘭》、《花物語》、《咖啡哲學序說》等上百篇隨筆。

喫茶店にて
きっさてん

　先日大阪の知人が訪ねて来た①ので、銀座の相当な喫茶店②へ案内した。学生のすくない大阪③には、本格的の喫茶店がなく、珍らしい④土産話と思つた⑤からである。果して知人は珍らしがり、次のやうな感想を述べた。先程から観察して居ると、僅か一杯の紅茶を飲んで、半時間も⑥ぼんやり坐つてる人が沢山居る。一体彼等は何を考へてゐるのだらうと。一分間の閑も惜しく、⑦タイムイズマネーで忙がしく市中⑧を⑨駈け廻つてる大阪人が、かうした東京の喫茶店風景を見て、⑩いかにも閑人の寄り集りのやうに思ひ、むしろ不可思議に思ふのは当然である。私もさう言はれて、初めて喫茶店の客が「何を考へて居るのだらう」と考へて見た。おそらく彼等は、何も考えへては居ないのだらう。と言つて疲労を休める為に、休息してゐるといふわけでもない。つまり彼等は、綺麗な小娘や善い音楽を背景にして、都会生活の気分や閑散を楽しんでるのだ。

字

④ 土産話：旅行的所見所聞。

⑥ ぼんやり：沒有精神、無所事事的様子，為擬態語。

⑦ タイムイズマネー：Time is money. 時間就是金錢。

⑨ 馳け廻る：現今多寫為駆け回る，表示來回奔波。

⑩ いかにも：無論如何都覺得～。

於咖啡館

　　幾天前，有位大阪的朋友來找我，我邀請他到一家位於銀座的高檔咖啡館。在學生不多的大阪，相對來說咖啡館也比較少，也許可以成為他返家後閒暇之餘的美談。果然這位朋友感到很新奇，並且述說了以下的感想。「從剛才就在觀察，為什麼很多人喝了一杯紅茶後，便愣愣地呆坐了半個小時呢？他們到底在想些什麼呢？」對於分秒必爭、時間就是金錢，每天在市中心忙碌地東奔西走的大阪人而言，在東京看到這股情景時，想必會認為咖啡館是無所事事的人聚集之處，會覺得不可思議是理所當然的。我被這麼一問，才開始思考這些咖啡館的客人「到底在想什麼？」。搞不好這些人什麼都沒在想。即使如此，似乎也並不是為了恢復疲勞而休息的樣子。也就是說，這些人只是想身處在有可愛小姑娘或悅耳音樂的空間，單純地享受都會生活的氛圍或悠閒時光罷了。

文法

◎ 為に：為了～。例：家族のために、働いている。（為了家人工作。）

◎ わけでもない：並不是…。例：別に反対するわけではない。（我並不是要反對。）

助詞

① ので：表示原因或理由。

② へ：表示動作的方向。

③ に：表示場所，有「在」的意思。

⑤ から：用來說明理由。

⑧ を：表示動作、經過某些場所，有「經過」、「走過」的意思。

これが即ち文化の余裕といふものであり、昔の日本の江戸や、今の仏蘭西の巴里①など②で、この種の閑人倶楽部が市中の至る所③に設備されてるのは、文化が長い伝統によつて、余裕性を多分にもつてる④証左である。⑤武林無想庵氏の話によると、この余裕性をもたない都市は、世界で紐育⑥と東京だけださうだが、それでもまだ喫茶店があるだけ、東京の方が大阪⑦よりましかも知れない。⑧ニイチエの説によると、絶えず働くと言ふことは、賤しく俗悪の趣味であり、人に文化的情操のない証左である⑨が、今の日本のやうな新開国では、絶えず働くことが強要され、到底閑散の気分などは楽しめない。

字

④ 証左：證據、佐證。

⑤ 武林無想庵：為日本明治到昭和時期的知名小説家、翻譯家。

⑧ ニイチエ：尼采，為德國的哲學家。

這現象可稱為文化的寬裕，從前的日本江戶也好，或是現今的法國巴黎等地，市內的每個角落都設有諸如此類的閒人俱樂部，而這便是文化經歷了悠久的傳統後，才得以享受到從容的證據。但根據武林無想庵先生所言，世界上只有紐約和東京是缺乏這股從容的都市，儘管如此，東京至少還有咖啡館，所以比起大阪，東京也許還算不錯的。據尼采的說法，不眠不休地辛勤工作是種下賤俗惡的興趣，是沒有文化情操的證據，然而現今的日本正屬於新開發國家，所以才被迫不眠不休地辛勤工作，無法享受真正的休閒樂趣。

文法

◎ によると：根據～。表示消息的來源，前接名詞。

助詞

① など：舉例，表示「之類…」等意思。

② で：表示動作所在的地點。

③ に：表示場所，有「在」的意思。

⑥ と：列舉不同事物並列，表示「和」的意思。

⑦ より：比較的基準，「比」的意思。

⑧ が：舉出相反的事實，表示對比關係。「雖然…可是…」的意思。

巴里の喫茶店で、街路に①マロニエの葉の散るのを眺め②ながら、一杯の葡萄酒で半日も暮してゐるなんてことは、話に聞くだけ③でも贅沢至極のことである。昔の江戸時代の日本人は、理髪店④で⑤浮世話⑥や将棋をしながら、殆んど丸一日を暮して居た。文化の伝統が古くなる⑦ほど、人の心⑧に余裕が生れ、生活が⑨のんびりとして暮しよくなる。それが即ち「太平の世」といふものである。今の日本は、太平の世を去る事あまりに遠い。昔の江戸時代には帰らないでも、⑩せめて巴里⑪かロンドン⑫位の程度にまで、余裕のある閑散の生活環境を作りたい。

字

① マロニエ：七葉樹。
⑤ 浮世話：世俗的八卦或謠言。
⑨ のんびり：悠閒地。
⑩ せめて：至少〜。

在巴黎的咖啡館，一邊眺望著街上的七葉樹隨風飛舞，同時品嚐一杯葡萄酒悠閒地度過大半天，光是聽到這股情景便覺得這是何等奢侈的事。從前江戶時代的日本人，會花上幾乎一整天的時間，在理髮店裡閒話家常或是下將棋。文化傳統越是久遠，人的心就越寬裕從容，生活就可以過得更優遊自在。這就是所謂的「太平之世」。然而目前的日本，離太平之世過於遙遠。即使無法回到以往的江戶時代，至少也想像巴黎或倫敦一樣，打造出充滿從容、優遊自在的生活環境。

助詞

② ながら：兩個動作同時進行，「一邊…，一邊…」的意思。

③ でも：表示「即使…也…」的意思。

④ で：表示動作所在的地點。

⑥ や：表示事、物的並列。

⑦ ほど：「越發」、「越…越…」。

⑧ に：表示場所和時間，有「在」的意思。

⑪ か：表示選擇，「不是…就是…」、「還是」、「或者」的意思。

⑫ ぐらい：表示「像」、「如同」的意思。

コーヒー哲学序説
てつがくじょせつ

八九歳のころ医者の命令①で始めて牛乳というもの②を飲まされた。当時まだ牛乳は少なくとも大衆一般の嗜好品でもなく、常用栄養品でもなく、主として病弱な人間の薬用品であったように見える。そうして、牛乳③や④いわゆる⑤ソップが⑥どうにも臭くって飲めず、飲めばきっと嘔吐したり下痢したりするという古風な趣味の人の多かったころであった。⑦もっともそのころ⑧でも⑨モダーンな⑩ハイカラな人もたくさんあって、たとえば当時通学していた番町小学校の同級生の中には昼の弁当としてパンと⑪バタを常用していた小公子もあった。

字

④ いわゆる：常説的、所謂的。

⑤ ソップ：為スープ（soup）湯品的古文。

⑥ どうにも：無論如何。

⑦ もっとも：當接續詞使用時，表示「不過」、「但是」。

⑨ モダーン：modern 時髦。

⑩ ハイカラ：作風偏向外國人，此處指西洋化的人。

⑪ バタ：butter 奶油，多寫為バター。

咖啡哲學序説

　　我八、九歲的時候，聽從醫師的囑咐，生平第一次喝了牛奶。當時牛奶並非一般大眾愛喝的飲品，也不是常備的營養品，比較像是給身體孱弱之人飲用的藥品。而且，當時有些思想較傳統的人，覺得牛奶以及加了牛奶的濃湯，有股異味令人難以入口，即使喝了也會出現嘔吐或腹瀉的症狀。但其實在那個年代也有不少摩登時髦的洋派人士，比方說我當時就讀的番町國小，在同學之中就有一位小少爺，他就常以麵包和奶油作為午餐享用。

文法

◎ ず：表示否定，「不…」的意思。為ない的古文，常用於書面語。

◎ として：作為…，前接名詞。

助詞

① で：表示原因理由。

② を：前面的名詞作為使役的對象，後接使役動詞（助動詞）。

③ や：表示事、物的並列，「…等等」的意思。

⑧ でも：表示「即使…也…」的意思。

そのバタというものの名前①さえも知らず、きれいな②切り子ガラスの小さな壺③にはいった妙な黄色い蝋のようなものを、象牙の耳かきのようなものでしゃくい出してパンに④なすりつけて食っているのを、隣席⑤から⑥さもしい好奇の目を⑦見張っていたくらいである。その一方ではまた、自分の田舎では人間の食うもの⑧と思われていない蝗の佃煮をうまそうに食っている江戸っ子の児童もあって、これにもまたちがった意味での驚異の目を見張ったのであった。

　始めて飲んだ牛乳はやはり飲みにくい「おくすり」であったらしい。それを飲みやすくするために医者はこれに少量のコーヒーを配剤することを忘れなかった。粉にしたコーヒーをさらし木綿の小袋にほんの⑨ひとつまみ⑩ちょっぴり入れたのを熱い牛乳の中に浸して、漢方の風邪薬のように振り出し絞り出すのである。とにかくこの生まれて始めて味わったコーヒーの香味はすっかり田舎育ちの少年の私を心酔させてしまった。

字

② 切り子：雕花玻璃藝品，其中以江戸切子、薩摩切子最有名。

④ なすりつける：塗抹。

⑥ さもしい：①指人品性不佳。②讓人看不下去。在此為②的意思。

⑦ 見張る：①眼睛張大（表示很驚訝）。②監視。在此為①的意思。

⑨ ひとつまみ：一小搓、少量。

⑩ ちょっぴり：稍微、微量。

當時也不知道什麼是奶油，只看見那精緻小巧的玻璃瓶裡，有著看起來像黃蠟般奇妙的東西，他用挖耳杓似的象牙製品，挖出一些黃色的物體塗抹在麵包上食用，其舉止總引來鄰座同學的側目。而另一頭，也有位充滿江戶男兒氣魄的小男孩，正津津有味地品嚐著「蝗蟲佃煮」，其實即便是在我出生的鄉下，也不會把蝗蟲當成食物，這在某種層面上，也是引來了訝異的眼神。

　　第一次喝牛奶覺得難以下嚥，有股像在「吃藥」的感覺。我永遠記得醫生為了要讓牛奶更容易入口，還調配了少量的咖啡。將約一茶匙的咖啡粉放進純棉製的小袋子，然後浸泡在加熱過的牛奶裡，宛如在煎煮漢方的感冒藥般，搖晃袋子將其風味釋放出來。總之人生第一次品嚐到的咖啡香氣，讓我這個鄉下小孩沉浸在難以言喻的陶醉中。

文法

◎ 動詞連用型＋にくい：表示「難以…」；動詞連用型＋やすい，則為「易於…」。

助詞

① さえ：舉一個例子，再類推其他，表示「甚至」的意思。

③ に：表示場所，有「在」的意思。

⑤ から：場所的起點，「從～」的意思 。

⑧ と：表示「思考」的內容。

すべての①エキゾティックなものに憧憬をもっていた子供心に、この南洋的西洋的な香気は未知の極楽郷から遠洋を渡って来た一脈の薫風のように感ぜられたもののようである。その後まもなく郷里の田舎へ移り住んでからも毎日一合の牛乳は欠かさず飲んでいたが、東京で味わったようなコーヒーの香味はもう味わわれなかったらしい。コーヒー糖と称して角砂糖の内にひとつまみの粉末を封入したものが一般に愛用された時代であったが往々それはもう薬臭く②かび臭い異様の物質に変質してしまっていた。

　高等学校時代にも牛乳はふだん飲んでいたがコーヒーのようなぜいたく品は用いなかった。そうして牛乳に入れるための砂糖の壺から随時に歯みがきブラシの柄③など④でしゃくい出しては生の砂糖をなめて菓子の代用にしたものである。試験前などには別して砂糖の消費が多かったようである。月日がめぐって三十二歳の春ドイツ⑤に留学する⑥までの間におけるコーヒーと自分との交渉についてはほとんどこれという事項は記憶に残っていないようである。

字

① エキゾティック：Exotic，異國的。
② かび臭い：霉味。

對於原本就對異國風情懷抱憧憬的少年而言，這種充滿南洋與西洋的香氣，彷彿是來自遠方極樂之鄉的清爽南風，讓我為之迷戀。之後過沒多久就搬了到鄉下，雖然每天都會喝上一杯牛奶，可是就沒有辦法喝到當時在東京品嚐到的充滿咖啡香的牛奶。當時流行一種稱為咖啡糖的方糖，用來放一小搓到牛奶裡攪拌後飲用，但遺憾的是，喝起來總像是藥物或東西發霉似的，味道完全變質走樣。

高中的時候，平常也可以喝到牛奶，但並不是加了咖啡的奢侈品。我常常會用牙刷柄等工具，從砂糖罐裡挖出一些原本要加入牛奶飲用的砂糖，用來代替糖果直接舔食。因此，撇開考試前的其他花費，據說我在砂糖上所花的費用是非常可觀的。而時光一點一滴地流逝，一直到 32 歲那年春天，前往德國留學之前，咖啡與我之間的交流，大概就只剩下這些回憶了。

文法

◎ における：表示時間，有「在」的意思。
◎ について：關於…。前接名詞。

助詞

③ など：舉例，表示「…之類」等意思。
④ で：所用的工具。
⑤ に：表示場所，有「在」的意思。
⑥ まで：時間的終點。

①ベルリンの下宿はノーレンドルフの辻に近いガイスベルク街にあって、年老いた主婦は陸軍将官の未亡人であった。ひどく②いばったばあさんであったがコーヒーはよいコーヒーをのませてくれた。ここの二階で毎朝寝巻のままで窓前にそびゆるガスアンシュタルトの円塔をながめ③ながら婢のヘルミーナの持って来る熱いコーヒーを飲み香ばしい④シュニッペルをかじった。一般にベルリンのコーヒー⑤とパンは周知のごとくうまいものである。九時十時あるいは十一時から始まる大学の講義を聞き⑥に⑦ウンテル・デン・リンデン近く⑧まで電車⑨で出かける。昼前の講義が終わって近所で食事をするのであるが、朝食が少量で昼飯がおそく、またドイツ人のように昼前の「おやつ」をしないわれらにはかなり空腹であるところへ相当多量な昼食をしたあとは必然の結果として重い眠けが襲来する。

字

① ベルリン：柏林。

② いばる：趾高氣昂、驕傲自大。

④ シュニッペル：schnippel（德）有切片、搗碎之意，推測應為切片麵包（schnippel brot）的簡稱。

⑦ ウンテル・デン・リンデン：林登大道，又譯為菩提樹大道（德國柏林的街道名稱）。

我在柏林寄宿的地方，是位在諾倫多夫路口附近的蓋斯貝克路上，屋主是一位上了年紀、已逝的陸軍將官的妻子。她是一位自視甚高的婦人，但總是會提供美味的咖啡給我。我常穿著睡衣，在二樓的窗戶一邊遠眺著高聳的阿斯塔爾塔，一邊慢慢地啜飲女僕赫爾米娜送來的咖啡，並咬下香氣撲鼻的切片麵包。柏林的咖啡與麵包就如同大家所知是非常美味的。早上要去上九點、十點或是十一點的大學課程，所以我通常會在林登大道附近搭車。中午的課程結束後，我會選擇在附近的餐廳用餐，但是早餐吃得少，午餐的用餐時間也較晚，而且我們不像德國人一樣在午餐之前會吃一些「點心」，所以正當飢腸轆轆之時午餐便吃得也較多，想當然耳，餐後就會被陣陣的睡意給擊垮。

文法

◎ ごとく：表示「宛如…」，等於「ように」

◎ ところへ：表示「正當～時，發生～」

助詞

③ ながら：兩個動作同時進行。

⑤ と：列舉不同事物並列，表示「和」的意思。

⑥ に：表示動作的目的，「為了…而做…（動作）」。

⑧ まで：場所的終點，「到」、「到…為止」。

⑨ で：所用的方法、手段。

四時から再び始まる講義までの二三時間を下宿に帰ろうとすれば電車で空費する時間が大部分になるので、ほど近いいろいろの美術館を①たんねんに見物したり、旧ベルリンの②古めかしい街区の③ことさらに陋巷を求めて④彷徨したり、ティアガルテンの木立ちを縫うてみたり、またフリードリヒ街や、ライプチヒ街の⑤ショウウィンドウをのぞき込んでは「ベルリンの⑥ギンブラ」をするほかはなかった。それでもつぶしきれない時間をカフェーやコンディトライの大理石のテーブルの前に過ごし、新聞でも見ながら「ミット」や「オーネ」のコーヒーをちびちびなめながら淡い郷愁を瞞着するのが常習になってしまった。

　ベルリンの冬はそれ⑦ほど寒いとは思わなかったが暗くて物うくて、そうして不思議な重苦しい眠けが濃い霧のように全市を封じ込めているように思われた。それが無意識な軽微の慢性的郷愁と混合して一種特別な眠けとなって額をおさえつけるのであった。

下午的上課時間是四點，在這之前的二到三小時如果要返回宿舍，時間大多會浪費在通車上，所以我常常利用這段時間到附近的美術館逛逛、去舊柏林市區的古雅街區裡特意鑽進窄巷中閒晃、穿梭於大帝爾加勝公園的樹林之中，又或是到佛雷德里克街、萊比錫街逛逛，就像是「到柏林的銀座閒逛」般觀賞櫥窗擺設。如果還有剩餘的時間，我通常會到咖啡館或是販售點心的茶館裡，坐在大理石桌前，一邊看報紙同時細細品嚐以「碳酸水」或「一般飲水」所沖泡的咖啡來消解我的鄉愁。

　　柏林的冬天並沒有想像中的冷，但總令人感到沉重陰鬱，宛如濃濃的睡意像迷霧般壟罩著整座城市。這股氣氛和我那無意識的漫性鄉愁互相混合後，便轉化為一股不可思議的睏意深深烙印在我的額頭。

字

① たんねん：又寫為丹念，表示非常用心。
② 古めかしい：瀰漫古樸的風格。
③ ことさらに：特意地、故意地。
④ 彷徨する：沒有目的，到處走走。
⑤ ショウウィンドウ：Show window，百貨公司或店面的櫥窗。
⑥ ギンブラ：又寫為銀ぶら，為「在東京銀座到處閒晃」之意。

助詞

⑦ ほど：表示程度，此處指：寒冷的程度。

この眠けを追い払うためには実際この一杯のコーヒーが自分にはむしろ①はなはだ必要であったのである。三時②か四時ごろのカフェーにはまだ吸血鬼の③粉黛の香もなく④森閑としてどうかするとねずみが出るくらいであった。⑤コンディトライには家庭的な婦人の客が大多数で⑥ほがらかににぎやかな⑦ソプラノや⑧アルトの⑨さえずりが聞かれた。

　国々を旅行する間にもこの習慣を持って歩いた。スカンディナヴィアの田舎には恐ろしくがんじょうで分厚でたたきつけ⑩ても割れそうもないコーヒー茶わんにしばしば出会った。そうして茶わんの縁の厚みでコーヒーの味覚に差違を感ずるという興味ある事実を体験した。ロシア人の発音するコーフイが日本流⑪によく似ている事を知った。

字

① はなはだ：又寫為甚だ，表示「非常」。

③ 粉黛：①指化妝品。②指美女。在此為①的意思。

④ 森閑：寂靜。

⑤ コンディトライ：甜點與咖啡兼賣的店。

⑥ ほがらか：爽朗。

⑦ ソプラノ：女高音。

⑧ アルト：女低音。

⑨ さえずり：①指小鳥的悦耳的歌聲。②形容人説話嘰嘰喳喳的聲音。在此為②的意思。

為了消除這種睡意，我真的需要一杯咖啡來拯救自己。三、四點的咖啡廳，並沒有彌漫吸血鬼般的脂粉香氣，倒像是下一秒會有老鼠竄出似地安靜。而茶館裡的客人多半是家庭主婦，活潑熱鬧得像嘰嘰喳喳的女高音或女低音。

在周遊諸國時，仍保留著喝咖啡的習慣。在斯堪地那維亞的鄉村，我曾遇見一種精實厚重得驚人、不管怎麼敲打也不會破的咖啡杯。這讓我體會到一項很有趣的事實，原來咖啡杯的杯緣厚度會讓咖啡的風味產生微妙的差異。也知道了俄羅斯人在講「咖啡」一詞時，和日本人的發音極為相似。

助詞

② か：表示不太確定的語氣，多接在疑問詞後，「不知…」、「好像…」的意思。

⑩ ても：表示「即使…也…」的意思。

⑪ に：比較的基準，「和…相似」的意思。

昔の①ペテルブルグ一流のカフェーの菓子はなかなかにぜいたくでうまいものであった。こんな事②からもこの国の社会層の深さが計られるような気がした。自分③の出会った限りのロンドンのコーヒーは多く④はまずかった。大概の場合は⑤ＡＢＣや⑥ライオンの民衆的なる紅茶で我慢するほかはなかった。英国人が常識的健全なのは紅茶ばかりのんでそうして原始的なるビフステキを食うせいだと論ずる人もあるが、実際プロイセンあたりのぴりぴりした神経は事によるとうまいコーヒーの産物かもしれない。パリの朝食のコーヒーとあの棍棒を輪切りにしたパンは周知の美味である。⑦ギャルソンのステファンが、「ヴォアラー・ムシウ」と言って小卓にのせて行く朝食は一日じゅうの大なる楽しみであったことを思い出す。マデレーヌの近くの一流のカフェーで飲んだコーヒーのしずくが凝結して茶わんと皿とを吸い着けてしまって、いっしょに持ち上げられた⑧の⑨に驚いた記憶もある。

宇

① ペテルブルグ：俄國的聖彼得堡。

⑤ ABC：為 Aerated Bread Company 英國知名茶餐廳的縮寫。

⑥ ライオン：推測應為英國知名茶品 TWININGS 的前身，GLODEN LION。

⑦ ギャルソン：男性餐廳服務生。

從前某間位於聖彼得堡的一流咖啡廳裡，販賣的甜點相當奢華且美味可口。讓我覺得即使是從這些小事，也能看出這個國家社會層級的深度。就我所知，倫敦的咖啡大部分都很難喝。通常只能去喝 ABC 茶餐廳或是去 LION 等…點杯普通的紅茶來解饞。有人曾說過，英國人之所以普遍具有常識且身心健全，是因為他們常喝紅茶，並且又吃著充滿原始感牛排的原故，實際上，或許普魯士一帶之所以會充滿緊張氛圍，可能是因為喝下了美味的咖啡所致。巴黎早餐中的咖啡與切片法國麵包，其美味是眾所周知的。我總是會想起當時有位名叫史提芬的少年來到桌前說：「先生，上菜了」，然後將食物擺在桌上的情景，那真是一整天最愉快與難忘的時光。而讓我比較驚訝的回憶是，在馬德萊娜教堂附近的一流咖啡館喝咖啡時，因為從咖啡杯滴下的咖啡與杯盤黏在一起，結果拿起杯子時盤子也一起上來了。

文法

◎ ばかり：總是…
◎ せい：表示原因理由，常用來解釋什麼導致不好的結果產生。
◎ 事によると：或許、説不定。

助詞

② から：表示動作、作用的起點，有「從」的意思。
③ の：接在名詞後面，表示主語，可用が來代替。
④ は：表示強調。
⑧ の：相當於「～的」，代替名詞，の＝こと。
⑨ に：表示對象，在此為嚇到的對象。

西洋から帰ってからは、日曜①に銀座の風月②へよくコーヒーを飲み③に出かけた。当時ほかにコーヒーらしいコーヒーを飲ませてくれる家を知らなかったのである。店によるとコーヒーだか紅茶だか④よほどよく考えてみない⑤とわからない味のものを飲まされ、また時には汁粉の味のするものを飲まされる事もあった。風月ではドイツ人のピアニストＳ氏とセリストＷ氏との不可分な一対がよく同じ時刻に来合わせていた。二人もやはりここの一杯のコーヒーの中にベルリンないしライプチヒの夢を味わっているらしく思われた。そのころの給仕人は和服に角帯姿であった⑥が、震災後向かい側に引っ越してからそれが⑦タキシードか何かに変わると同時にどういうものか自分にはここの敷居が高くなってしまった、一方ではまたＳとかＦとかＫとかいうわれわれ向きの喫茶店ができたので自然にそっちへ足が向いた。

字

④ よほど：等於よっぽと，表示程度，「相當」、「更加」的意思。

⑦ タキシード：燕尾服。

236

從西方回到日本之後，我經常在禮拜天到銀座的「風月」喝咖啡。因為當時並不知道哪裡才可以喝到像樣的咖啡。依店家來說，若不好好品嚐的話，還真不知道到底喝的是咖啡還是紅茶，有時候還會喝到疑似紅豆湯口味的飲料。德國籍的鋼琴家S氏與大提琴演奏家W氏兩人，總形影不離地在同一個時間相聚於風月。我想他們兩人或許也是因為能藉著這裡的咖啡，而感受身處柏林或是萊比錫的夢境之中，所以才常來這裡吧。當時的服務生是穿著繫有細腰帶的男士和服，但地震過後店家搬遷到對面時，制服突然變成燕尾服，讓我覺得有點太高級，加上鄰近增加了S、F或是K等比較適合我的咖啡館，自然而然的就比較常去這些適合自己的地方消費了。

文法

◎ 向<ruby>き<rt>む</rt></ruby>：以…為導向、適合給…。例：これは<ruby>子供<rt>こども</rt></ruby><ruby>向<rt>む</rt></ruby>きの<ruby>本<rt>ほん</rt></ruby>です。（這本書適合孩子閱讀。）

助詞

① に：表示時間。

② へ：表示目的地。

③ に：表示動作的目的，「為了～而做～」。

⑤ と：表示前項情況出現，就會產生某種後果，「只要…就會…」的意思。

⑥ が：舉出相反的事實，表示對比關係。

自分はコーヒーに限らずあらゆる食味に対してもいわゆる「通」というものには一つも持ち合わせがない。しかしこれらの店の①おのおののコーヒーの味に皆区別があることだけは自然にわかる。クリームの香味にも店によって著しい相違があって、これがなかなかたいせつな味覚的要素であることもいくらかはわかるようである。コーヒーの出し方はたしかに一つの芸術である。

　しかし自分がコーヒーを飲むのは、どうもコーヒーを飲むためにコーヒーを飲むのではないように思われる。宅の台所で骨を折って②せいぜいうまく出したコーヒーを、引き散らかした居間の書卓の上で味わうのではどうも何か物足りなくて、コーヒーを飲んだ気になりかねる。やはり人造でも③マーブルか、乳色ガラスのテーブルの上に銀器が光っていて、一輪のカーネーションでもにおっていて、そうしてビュッフェにも銀とガラスが星空のようにきらめき、夏なら電扇が頭上にうなり、冬ならストーヴが④ほのかにほてっていなければ正常のコーヒーの味は出ないものらしい。

238

對我而言，不僅是咖啡，對於「飲食」方面，我也不是所謂的老饕或是食通。但對於每一家咖啡館所提供的咖啡，我本能地還是可以分辨出其中的差異。奶油的香味，也依店家有所不同，而且我也發現到，這是非常重要的味覺性要素。泡咖啡的方法，其實是一種藝術。

　　我想我並不是因為想喝咖啡而喝。在自家廚房裡，費盡心思煮了一杯咖啡，在凌亂的客廳書桌前品嚐的話，總覺得缺少了什麼，無法享受到喝咖啡的氣氛。在無論是人造也好，或是大理石製的乳白色桌上有銀器閃亮地發著光，嗅著康乃馨等花朵的芬芳，然後自助餐區的銀器與玻璃也像星光般閃爍，在夏天時，頭上會傳來涼扇的聲響；冬天則有來自暖爐的陣陣暖氣，假使沒有這些風景，似乎就無法品嚐到美味的咖啡。

字

① おのおの：各自。

② せいぜい：盡了全力。

③ マーブル：大理石。

④ ほのかに：隱約地。

文法

◎ に限（かぎ）らず：不限於…。前接名詞。

◎ に対（たい）して：對於…。前接名詞。

◎ によって：根據～有所不同。前接名詞。

◎ 動詞連用形＋かねる：表示辦不到、很難做到某事。

コーヒーの味はコーヒーによって呼び出される幻想曲の味であって、それを呼び出すためにはやはり適当な伴奏もしくは前奏が必要であるらしい。銀とクリスタルガラスとの閃光の①アルペジオは確かにそういう管弦楽の一部員の役目をつとめるものであろう。

研究している仕事が行き詰まってしまってどうにもならないような時に、前記の意味でのコーヒーを飲む。コーヒー茶わんの縁がまさにくちびると相触れようとする瞬間にぱっと頭の中に一道の光が流れ込むような気がすると同時に、②やすやすと解決の手掛かりを思いつくことがしばしばあるようである。

こういう現象はもしやコーヒー中毒の症状ではないかと思ってみたことがある。しかし中毒であれば、飲まない時の精神機能が著しく減退して、飲んだ時だけようやく正常に復するのであろうが、現在の場合はそれほどのことでないらしい。やはりこの興奮剤の正当な作用であり③きき目であるに相違ない。

コーヒーが興奮剤であるとは知ってはいたがほんとうにその意味を体験したことはただ一度ある。病気のために一年以上全くコーヒーを口にしないでいて、そうしてある秋の日の午後久しぶりで銀座へ行ってそのただ一杯を味わった。

咖啡的風味是透過咖啡所傳遞出來的幻想曲，為了導引出這首幻想曲，適切的伴奏或是前奏似乎是必要的。而由銀器與水晶玻璃的閃爍所演奏出的合弦，確實是管弦樂團裡的一個重要角色。

當我的研究工作遇到瓶頸時，我就會照前面所講的樣子去喝一杯咖啡。當嘴唇碰觸到咖啡杯緣的瞬間，腦子常會突然出現一道曙光，同時浮現能將問題迎刃而解的點子。

有時會認為，這搞不好是咖啡中毒的現象。但如果是咖啡中毒，那麼不喝的時候整個人應該會精神狀態不佳，而喝了則會精神百倍，不過按照我目前的狀況，並沒有出現這樣的徵兆。所以我個人對這個興奮劑的使用上，其實還算在合理範圍內。

雖然我知道咖啡是一種興奮劑，但卻只有一次真正體驗到它帶來的興奮快感。之前因為生病的關係，將近一年以上沒有喝咖啡，而在某個秋天的午後，難得地到銀座品嚐了一杯咖啡。

字

① アルペジオ：和弦。
② やすやす：非常容易。
③ きき目〔め〕：效果。

文法

◎ らしい：似乎…的樣子
◎ に相違〔そう〕ない：表示「…不會錯！」多用於自己比較主觀的判斷。

そうして①ぶらぶら歩いて日比谷へんまで来るとなんだかそのへんの様子が平時とはちがうような気がした。公園の木立ちも行きかう電車もすべての常住的なものがひどく美しく明るく愉快なもののように思われ、歩いている人間がみんな頼もしく見え、要するにこの世の中全体がすべて祝福と希望に満ち輝いているように思われた。気がついてみると両方の手のひらにあぶら汗のようなものがいっぱいに②にじんでいた。なるほどこれは恐ろしい毒薬であると感心もし、また人間というものが実にわずかな薬物によって勝手に支配されるあわれな存在であるとも思ったことである。

　スポーツの好きな人がスポーツを見ているとやはり同様な興奮状態に入るものらしい。宗教に熱中した人がこれと似よった恍惚状態を経験することもあるのではないか。これが何々術と称する心理的療法などに利用されるのではないかと思われる。

　酒やコーヒーのようなものはいわゆる禁欲主義者などの目から見れば真に有害無益の③長物かもしれない。しかし、芸術④でも哲学でも宗教でも実はこれらの物質とよく似た効果を人間の肉体と精神に及ぼすもののように見える。禁欲主義者自身の中で⑤さえその禁欲主義哲学に陶酔の結果年の若いに自殺したローマの詩人哲学者もあるくらいである。

接著漫無目的地走到日比谷附近時，總覺得周遭的風景和以往有些不同。公園林立的樹木、來來往往的電車，所有的事物既美好又明亮，讓我感到愉快，路上的行人看起來都相當親切值得信任，總而言之，世上所有的人事物，看起來充滿了祝福與希望。而等我回過神來，發現雙手已經滲出冷汗。果然呀，這的確是可怕的毒藥，而且我也深刻體會到，人類果然渺小到會輕易地被少量的藥物支配。

喜歡運動的人在觀賞賽事時，似乎也會陷入同樣的興奮狀態。而熱衷於宗教的人可能也曾體驗過相似的恍惚狀態。這一點搞不好還能被用來使用在某種心理治療法上。

在所謂的禁慾主義者眼中，酒類或咖啡等是有害無益的東西。但是這一類的物質帶給人類肉體與精神上的作用，其實類似於藝術、哲學、宗教。即使是禁慾主義者，其中也有位羅馬的詩人哲學家，因為太醉心於禁慾主義，年紀輕輕就自殺身亡。

字

① ぶらぶら：漫無目的地行走，為擬態語。

② にじむ：又寫為滲（にじ）む，滲透。

③ 長物（ちょうぶつ）：①長的東西。②比喻為多餘的事物。在此為②的意思。

助詞

④ でも：從大致的範圍和類別中舉出一個例子。

⑤ さえ：舉一個例子，再類推其他，表示「甚至」的意思。

映画や小説の芸術に酔うて盗賊や放火をする少年もあれ①ば、外来哲学思想に酩酊して世を②騒がせ生命を捨てるものも少なくない。宗教類似の信仰に夢中になって家族を泣かせるおやじもあれば、あるいは干戈を動かして悔いない王者もあったようである。

　芸術でも哲学でも宗教でも、それが人間の人間としての顕在的実践的な活動の原動力としてはたらくときにはじめて現実的の意義があり価値があるのではないかと思う③が、そういう意味から言えば自分にとってはマーブルの卓上におかれた一杯のコーヒーは自分のための哲学であり宗教であり芸術であると言ってもいいかもしれない。これによって自分の④本然の仕事が⑤いくぶんでも能率を上げることができれば、少なくも自身にとっては下手な芸術や半熟の哲学や⑥生ぬるい宗教⑦よりも⑧プラグマティックなものである。ただあまりに安価で外聞の悪い意地のきたない原動力ではないかと言われればそのとおりである。しかしこういうものもあってもいいかもしれないというまでなのである。

同樣地，若有少年因為太沉迷於電影、小說等藝術之中，進而偷竊、縱火的話，那麼因沉醉於外來的哲學思想，而引起世間騷動甚至捨去性命的也大有人在。若是有父親因熱衷於宗教的信仰之中，而讓家人深受煎熬的話，那麼也會有大動干戈也在所不惜的君王。

　　我想，藝術也好、哲學也好、宗教也罷，當它們成為了一個人實現、執行理想的原動力時，才開始被賦予了意義與價值，就這方面而言，大理石桌上的一杯咖啡對我來說，或許就等同於我個人的哲學、宗教與藝術。我能藉由這一杯咖啡，來提升一些自我機能的效率，比起不拿手的藝術、不太了解的哲學，或是不熱衷的宗教活動，一杯咖啡還更具有實用性。若要說這股原動力太過廉價且不太光彩的話，我也無法反駁。但我認為有這股原動力的存在也不見得都是壞事。

宗教は往々人を酩酊させ官能と理性を麻痺させる点で酒①に似ている。そうして、コーヒーの効果は官能を鋭敏にし洞察と認識を透明にする点でいくらか哲学に似ている②と③も考えられる。酒や宗教④で人を殺すものは多いがコーヒーや哲学に酔うて犯罪をあえてするものはまれである。前者は信仰的主観的である⑤が、後者は懐疑的客観的だからかもしれない。

　芸術という料理の美味も時に人を酔わす、その酔わせる成分には前記の酒もあり、⑥ニコチン、⑦アトロピン、⑧コカイン、⑨モルフィンいろいろのものがあるようである。この成分によって芸術の分類ができるかもしれない。コカイン芸術やモルフィン文学があまりに多きを悲しむ次第である。

　コーヒー漫筆がついついコーヒー哲学序説のようなものになってしまった。これも今しがた飲んだ一杯のコーヒーの酔いの効果であるかもしれない。

（昭和八年二月、経済往来）

宇

⑥ ニコチン：Nicotine，尼古丁。

⑦ アトロピン：Atropine，阿托品，一種抗休克的藥物。

⑧ コカイン：Cocaine，古柯鹼。

⑨ モルフィン：Morphine 嗎啡。

宗教常常會人沉溺其中，並且麻痺了人類的感官與理性，這一點和酒類相似。然而咖啡的效果則能使感官敏銳，強化洞察力並使思維清晰，這點就接近哲學。因為酒類或宗教而引起的殺人事件不少，但因為咖啡或是哲學而引起犯罪的倒是很罕見。也許這是因為前者是具有信仰性質且主觀，而後者則是具有懷疑精神且客觀的原故吧！

　　名為「藝術」的料理其美味有時能陶醉人心，而其中使人沉迷的成分包含了上述的酒類、尼古丁、阿托品、古柯鹼、嗎啡等。根據成分的不同，或許還能劃分成不同的藝術領域。然而古柯鹼藝術或是嗎啡文學要是都很氾濫的話，則會讓人憂心。

　　原本只是想寫個咖啡的隨筆，卻變成了咖啡哲學序說般的長文。這或許也是因為我正陶醉於方才飲下的咖啡所致。

（昭和八年二月，經濟往來）

助詞

① に：比較的基準，「和…相似」的意思。

② と：表示「思考」的內容。

③ も：也。

④ で：表示原因、理由。

⑤ が：舉出相反的事實，表式對比關係。

附錄圖表

動詞變化表

語尾6種變化			1	2	3	4	5	6
動詞形態變化 ＼ 活用形	基本形 （辭書形）	語幹	未然形	連用形	終止形	連體形	假定形	命令形
1類動詞 （5段動詞）	い **行く**	い 行	い 行か い 行こ	い 行き い 行って	い 行く	い 行く	い 行け	い 行け
2類動詞 （上一段動詞）	お **起きる**	お 起	お 起き	お 起き	お 起きる	お 起きる	お 起きれ	お 起きろ お 起きよ
2類動詞 （下一段動詞）	た **食べる**	た 食	た 食べ	た 食べ	た 食べる	た 食べる	た 食べれ	た 食べろ た 食べよ
3類動詞 （サ行變格動詞）	べんきょう **勉強する**	べんきょう 勉強	べんきょう 勉強し べんきょう 勉強せ べんきょう 勉強さ	べんきょう 勉強し	べんきょう 勉強する	べんきょう 勉強する	べんきょう 勉強すれ	べんきょう 勉強しろ べんきょう 勉強せよ
3類動詞 （カ行變格動詞）	**くる**	×	こ	き	くる	くる	くれ	こい

（↑「動詞形態變化」的歸類名稱主要有兩種，此處兩種皆標示出來，請依個人學習習慣選擇使用名稱。）

 形容詞變化表

語尾5種變化		1	2	3	4	5
形容詞形態變化 ＼ 活用形	基本形 （辭書形）	未然形	連用形	終止形	連體形	假定形
形容詞 （い形容詞）	お **大きい**	お 大きかろ	お 大きく お 大きかっ	お 大きい	お 大きい	お 大きけれ
形容動詞 （な形容詞）	す **好きだ** す **(好きです)**	す 好きだろ す (好きでしょ)	す 好きだっ す (好きでし) す 好きで す 好きに	す 好きだ す (好きです)	す 好きな	す 好きなら

助動詞變化表

語尾6種變化 活用形 助動詞形態變化	基本形 （辭書形）	1 未然形	2 連用形	3 終止形	4 連體形	5 假定形	6 命令形
使役	せる	せ	せ	せる	せる	せれ	せよ せろ
使役	させる	させ	させ	させる	させる	させれ	させよ させろ
被動	れる	れ	れ	れる	れる	れれ	れろ れよ
被動	られる	られ	られ	られる	られる	られれ	られろ られよ
可能	れる	れ	れ	れる	れる	れれ	×
可能	られる	られ	られ	られる	られる	られれ	×
敬語	れる	れ	れ	れる	れる	れれ	（れよ）
敬語	られる	られ	られ	られる	られる	られれ	（られよ）
自發	れる	れ	れ	れる	れる	れれ	×
自發	られる	られ	られ	られる	られる	られれ	×
推量	う	×	×	う	う	×	×
推量	よう	×	×	よう	よう	×	×
否定	ない	なかろ	なく なかっ	ない	ない	なけれ	×

語尾6種變化		1	2	3	4	5	6
助動詞形態變化 ＼ 活用形	基本形 （辭書形）	未然形	連用形	終止形	連體形	假定形	命令形
過去	**た**	たろ	×	た	た	たら	×
希望	**たい**	たかろ	たく たかっ	たい	たい	たけれ	×
樣態	**そうだ**	そうだろ	そうだっ そうで そうに	そうだ	そうな	そうなら	×
樣態	**そうです**	そうでしょ	そうでし	そうです	（そうです）	×	×
傳聞	**そうだ**	×	そうで	そうだ	×	×	×
傳聞	**そうです**	×	そうでし	そうです	×	×	×
比況	**ようだ**	ようだろ	ようだっ ようで ように	ようだ	ような	ようなら	×
比況	**ようです**	ようでしょ	ようでし	ようです	ようです	×	×
比況	**みたいだ**	みたいだろ	みたいだっ みたいで みたいに	みたいだ	みたいな	（みたいなら）	×
推定	**らしい**	×	らしく らしかっ	らしい	らしい	×	×
斷定	**だ**	だろ	だっ で	だ	（な）	なら	×
斷定	**です**	でしょ	でし	です	（です）	×	×
丁寧	**ます**	ませ ましょ	まし	ます	ます	ますれ	ませ まし

五十音圖表

\復習一下吧！/

五十音図表

Let's study the Japanese alphabet あいうえお！

平仮名と片仮名　●日文字母順序照あいうえお……排列
　　　　　　　　　●日文字母分平仮名和片假名，（ ）部份為片假名
　　　　　　　　　●片假名常用於外來語

（一）清音 せい おん

行／段	あ（ア）段	い（イ）段	う（ウ）段	え（エ）段	お（オ）段
あ（ア）行	あ（ア）a	い（イ）i	う（ウ）u	え（エ）e	お（オ）o
か（カ）行	か（カ）ka	き（キ）ki	く（ク）ku	け（ケ）ke	こ（コ）ko
さ（サ）行	さ（サ）sa	し（シ）shi	す（ス）su	せ（セ）se	そ（ソ）so
た（タ）行	た（タ）ta	ち（チ）chi	つ（ツ）tsu	て（テ）te	と（ト）to
な（ナ）行	な（ナ）na	に（ニ）ni	ぬ（ヌ）nu	ね（ネ）ne	の（ノ）no
は（ハ）行	は（ハ）ha	ひ（ヒ）hi	ふ（フ）fu	へ（ヘ）he	ほ（ホ）ho
ま（マ）行	ま（マ）ma	み（ミ）mi	む（ム）mu	め（メ）me	も（モ）mo
や（ヤ）行	や（ヤ）ya		ゆ（ユ）yu		よ（ヨ）yo
ら（ラ）行	ら（ラ）ra	り（リ）ri	る（ル）ru	れ（レ）re	ろ（ロ）ro
わ（ワ）行	わ（ワ）wa				を（ヲ）o
ん（ン）行	ん（ン）n				

（二）濁音 だく おん

が（ガ）行	が（ガ）ga	ぎ（ギ）gi	ぐ（グ）gu	げ（ゲ）ge	ご（ゴ）go
ざ（ザ）行	ざ（ザ）za	じ（ジ）ji	ず（ズ）zu	ぜ（ゼ）ze	ぞ（ゾ）zo
だ（ダ）行	だ（ダ）da	ぢ（ヂ）ji	づ（ヅ）zu	で（デ）de	ど（ド）do
ば（バ）行	ば（バ）ba	び（ビ）bi	ぶ（ブ）bu	べ（ベ）be	ぼ（ボ）bo

（三）半濁音

| ば（パ）行 | ぱ（パ）pa | ぴ（ピ）pi | ぷ（プ）pu | ぺ（ペ）pe | ぽ（ポ）po |

（四）拗音 － 清音、濁音、半濁音的「い」段音和小寫偏右下的「や」「ゆ」「よ」合成一個音節，叫「拗音」。

か（カ）行	きゃ（キャ）kya	きゅ（キュ）kyu	きょ（キョ）kyo
が（ガ）行	ぎゃ（ギャ）gya	ぎゅ（ギュ）gyu	ぎょ（ギョ）gyo
さ（サ）行	しゃ（シャ）sha	しゅ（シュ）shu	しょ（ショ）sho
ざ（ザ）行	じゃ（ジャ）ja	じゅ（ジュ）ju	じょ（ジョ）jo
た（タ）行	ちゃ（チャ）cha	ちゅ（チュ）chu	ちょ（チョ）cho
な（ナ）行	にゃ（ニャ）nya	にゅ（ニュ）nyu	にょ（ニョ）nyo
は（ハ）行	ひゃ（ヒャ）hya	ひゅ（ヒュ）hyu	ひょ（ヒョ）hyo
ば（バ）行	びゃ（ビャ）bya	びゅ（ビュ）byu	びょ（ビョ）byo
ぱ（パ）行	ぴゃ（ピャ）pya	ぴゅ（ピュ）pyu	ぴょ（ピョ）pyo
ま（マ）行	みゃ（ミャ）mya	みゅ（ミュ）myu	みょ（ミョ）myo
ら（ラ）行	りゃ（リャ）rya	りゅ（リュ）ryu	りょ（リョ）ryo

（五）促 音 － 在發音時，此字不發音停頓一拍、
　　　　　　　 用羅馬字雙子音表示。

つ（小）	きっぷ	pp	ki**pp**u	票
	きって	tt	ki**tt**e	郵票
	いっさい	ss	i**ss**ai	一切
	がっこう	kk	ga**kk**oo	學校
	マッチ	ch→cch	ma**cch**i	火柴
	よっつ	ts→tts	yo**tts**u	4個
	ざっし	sh→ssh	za**ssh**i	雜誌

（六）長 音 － 兩個母音重疊時拉長音即可。

ああ（アー）	aa（ā）	おかあさん	ok**aa**san	母親
いい（イー）	ii（ī）	たのしい	tanosh**ii**	快樂
うう（ウー）	uu（ū）	ゆうびん	y**uu**bin	郵件
ええ／えい（エー）	ee（ē）	がくせい	gakus**ee**	學生
おお／おう（オー）	oo（ō）ou	おおあめ	**oo**ame	大雨

國家圖書館出版品預行編目(CIP)資料

日本人的哈拉妙招!助詞輕鬆學:我的日語超厲害 / 舒博文著. --
四版. -- 臺北市:笛藤, 八方出版股份有限公司, 2023.09
　　面;　公分
ISBN 978-957-710-904-0(平裝)

1.CST: 日語 2.CST: 助詞

803.167　　　　　112013326

2023年8月28日　四版第1刷　定價350元

作　　　　者	舒博文
插　　　　畫	山本峰規子
總　編　輯	洪季楨
編　　　　輯	賴巧凌·林雅莉·黎虹君·陳亭安
編　輯　協　力	劉瀞月·劉盈菁·張秀慧
封　面　設　計	王舒玗
內　頁　設　計	李靜屏·王舒玗
編　輯　企　劃	笛藤出版
發　行　所	八方出版股份有限公司
發　行　人	林建仲
地　　　　址	台北市中山區長安東路二段171號3樓3室
電　　　　話	(02)2777-3682
傳　　　　眞	(02)2777-3672
總　經　銷	聯合發行股份有限公司
地　　　　址	新北市新店區寶橋路235巷6弄6號2樓
電　　　　話	(02)2917-8022·(02)2917-8042
製　版　廠	造極彩色印刷製版股份有限公司
地　　　　址	新北市中和區中山路二段380巷7號1樓
電　　　　話	(02)2240-0333·(02)2248-3904
劃　撥　帳　戶	八方出版股份有限公司
劃　撥　帳　號	19809050

附
中日發音
QR Code
線上音檔

請掃描上方QR code或輸入網址收聽
https://bit.ly/JPjoshi

*請注意英文字母大小寫區分
◆日文發聲／當銘美菜·須永賢一◆
◆中文發聲／賴巧凌◆